Françoise Giroud

Die Liebhaberin

SERIE PIPER

Zu diesem Buch

Sie ist eine Frau Anfang Vierzig, modern, elegant und attraktiv. Ihr Beruf ist ihr sehr wichtig; sie ist frei, fühlt sich unverwundbar, denn sie hat schon (fast) alles erlebt. Er ist noch jung, am Anfang seiner Anwaltskarriere. Er ist witzig, charmant und manchmal wunderbar unverschämt. Doch man ahnt, wie verletzbar er ist. Die Begegnung mit Jerzy trifft sie mitten ins Herz. Sie sind glücklich miteinander – so lange, wie die Liebe glücklich sein kann. Doch dann, eines Tages – die Wahrheit trifft sie wie ein Schlag.

Françoise Giroud, ehemalige Frauen- und Kulturministerin Frankreichs, hat sich als Journalistin und Essayistin international einen Namen gemacht. Sie hat Biographien über Christian Dior, Alma Mahler und Jenny Marx geschrieben und zusammen mit Bernhard H. Lévy das Buch zur Geschlechterdebatte »Die Männer und die Frauen«. »Die Liebhaberin« ist ihr erster Roman.

Françoise Giroud

Die Liebhaberin

Roman

Aus dem Französischen von
Irène Kuhn und Ralf Stamm

Piper München Zürich

Ungekürzte Taschenbuchausgabe
Piper Verlag GmbH, München
Mai 1998

Titel der französischen Originalausgabe:
»Mon très cher amour ...«

Umschlag: Büro Hamburg und Zero München
Foto Umschlagvorderseite: Solvidos Santos
Foto Umschlagrückseite: Micheline Pelletier/SYGMA
Satz: Heinrich Fanslau GmbH, Düsseldorf
Druck und Bindung: Presse-Druck Augsburg
Printed in Germany ISBN 3-492-22673-6

A. zum Angedenken

Ich bin die Wunde und das Messer (. . .)
Das Opfer und der Scherge.
BAUDELAIRE

DER BLICK WAR UNVERFROREN, doch manchmal flackerte etwas wie Entsetzen in den grauen Augen auf.

Später erfuhr ich, woher das kam.

Ansonsten erinnerte Jerzy, als Freunde ihn mir vorstellten, an einen großen Hund, der freudig hechelnd an einem hochspringen will. Was er auch tat.

»Wissen Sie, daß Ihr Kleid durchsichtig ist?«

Ich wußte es.

»Und das stört Sie nicht?«

Es störte mich nicht.

»Frauen sind unglaublich!«

Ich kehrte ihm den Rücken zu und mischte mich unter die Gäste, die sich auf dem Empfang des Verlegers drängten. Von

diesem jugendlichen Winkeladvokaten hatte ich wahrlich keine Belehrungen nötig. Was hatte der hier überhaupt zu suchen? Die Auswahl der Gäste war früher einmal strenger gewesen.
Ich schüttelte diverse Hände, verabredete ein Abendessen, wich einem Langweiler aus, grüßte den von seinem Hofstaat umgebenen Hausherrn, als in der Menge plötzlich ein Sog entstand. Das Büffet war soeben eröffnet worden.
Da stand Jerzy wieder und fragte: »Champagner oder Orangensaft?«
Ich war am Morgen erst aus den USA zurückgekehrt und wegen der Zeitverschiebung noch immer etwas benommen. Diesmal gelang es mir nicht, ihn abzuwimmeln, er umschwirrte mich wie eine Wespe. Außerdem beruhigte mich männliches Huldigungsverhalten, seit ich mit Pierre Schluß gemacht hatte – es bestätigte mein Verführungspotential.

Er war lebhaft, witzig, frech, er erfaßte mit wenigen Worten das Komische an den Leuten um ihn herum, also fand ich mich bereit, mit ihm in der Brasserie Lipp zu Abend zu essen. Man begrüßte ihn dort wie einen Stammgast. Er hatte die ungesund wirkende Gesichtsfarbe der Junggesellen, die grundsätzlich außer Haus essen und sich entsprechend schlecht ernähren.

Unter dem Vorwand, darin lesen zu wollen, ergriff er meine Hand. Ich überließ sie ihm, auch wenn ich die Strategie nicht eben originell fand. Aber er tat, als nehme er die Sache sehr ernst und als entziffere er mühsam im Geflecht der Linien, was zu sagen er von vornherein beschlossen hatte. Ich sei hochmütig, launenhaft, kühl ... Albernes Zeug.

»Beachtlicher Erfolg im Beruf ... Allerdings etwas spät eingetreten. Eine gescheiterte Ehe ...«

»Das sehen Sie in meiner Hand?«
»Ruhe! Ich muß mich konzentrieren.«
Er erklärte mir außerdem, daß ich Pierre niemals wiedersehen würde, daß er für immer gegangen und daß ich daran schuld sei ... Der Hochmut, immer sei es der Hochmut. Aber die Zeit der glücklosen Herzensangelegenheiten sei nun endgültig vorbei, ich würde auf meinem Lebensweg einem mittellosen, aber genialen Mann begegnen, der mir die Lust am Lachen wieder beibringen würde, denn das täte ich nicht genug, seines Erachtens ...
Natürlich lachte ich jetzt. Da setzte sich mit plötzlichem Schwung die Drehtür in Bewegung, und zwei finster blickende Männer betraten das Restaurant.
Zum ersten Mal sah ich in Jerzys Augen für den Bruchteil einer Sekunde den aufflackernden Schrecken. Die beiden Männer wurden an einem entfernten Tisch

plaziert. Er wollte in seiner Suada fortfahren.

»Was ist los? Sind Sie erschrocken?«

Ja, er sei erschrocken. Wovor? Er kenne mich nicht gut genug, um es mir zu erklären. Wenn ich aber bereit sei, ihn auf einen Kaffee zu mir einzuladen, werde er es mir vielleicht erzählen. Und wenn ich nicht bereit wäre? Nun gut, dann würde er sein Geheimnis eben für sich behalten.

Inzwischen war der unverfrorene Blick wieder da. Ich war neugierig geworden und gab nach.

ICH BEWOHNTE DAMALS in einem Altbau des sechsten Arrondissements eine von meiner Mutter geerbte Dreizimmerwohnung, die alle denkbaren Annehmlichkeiten aufwies und in der Besucher sich vom ersten Moment an wohl fühlten. Sie war gut geschnitten, die Beleuchtung angenehm, überall gab es tiefe, bequeme Sessel, ein paar lebhafte Tupfer brachten die sanften Farben zur Geltung – man trat ein und war von der Atmosphäre gefangen. Kein Mann hatte hier jemals mit mir zusammengelebt. Die Unordnung war meine Unordnung, das Parfum mein Parfum, die von dicken Scheiben gefilterten Straßengeräusche waren gerade so weit vernehmbar, daß keine beklemmende Stille eintreten konnte: Ich fühlte mich in dieser Wohnung wie die Katze in ihrem Korb.

Ich wartete auf die üblichen Komplimente, aber Jerzy fragte als erstes, ob es einen Dienstboteneingang gebe. Nein, den gab es nicht. Was hätte ich auch mit einem Dienstboteneingang anfangen sollen?

»Man muß jederzeit abhauen können«, sagte Jerzy.

»Abhauen? Wohin denn? Warum?«

Er strich durch die Räume. Ich ließ ihn allein, um die Kaffeemaschine in Gang zu setzen.

»Ich hoffe, Sie machen keinen Pulverkaffee«, rief er.

»Für wen halten Sie mich eigentlich?«

Ich fand ihn auf dem Sofa ausgestreckt, als sei er hier seit jeher zu Hause gewesen.

Früher hatte ich Angst gehabt vor den Männern, Angst vor ihren großen, begehrlichen Händen, die meine Brüste streifen wollten, als wären sie magisch von ihnen angezogen. Diese Zeit lag hinter mir. Ich hatte gelernt, wie man sie auf Distanz hält, nicht mit Gesten, sondern mit wenigen scharfen Worten, die sie aus der Fassung bringen. Worauf sie beleidigt von einem ablassen.

Gar nicht erst erlauben, daß sie ihre Offensive starten, außer man wünscht es, darin liegt das ganze Geheimnis. Ich fürchtete ausschließlich meine eigene

Schwäche, jene Wärme, die mir an den Beinen hochstieg, wenn einer, der mir gefiel, mich unversehens an sich preßte und ich Gefahr lief dahinzuschmelzen wie Butter in der heißen Pfanne.

Aber zwei oder drei demütigende Erinnerungen, flüchtige Erlebnisse mit mittelmäßigen Männern, hatten mich die Kunst der Selbstverteidigung gelehrt. Inzwischen kam mir niemand mehr zu nah, es sei denn, ich wollte es.

Nein, ich hatte an jenem Abend keine Angst vor einer Attacke Jerzys, obwohl er mich irgendwie auch beunruhigte. Ich dachte, daß ich nichts von ihm wußte und daß man verrückt sein muß, einen Fremden in seine Wohnung eindringen zu lassen, nur weil man einander vorgestellt worden ist. Ich dachte daran, daß Pierre noch meinen Schlüssel hatte, daß er jeden Augenblick hereinkommen konnte und daß er überrascht sein würde. Und wenn schon. Ich war schließlich frei. Frei, ein Adjektiv, das man auf die Männer anwendet. Von Frauen, die eine Ehe oder eine Beziehung hinter sich haben, sagt man, sie seien allein.

Das Wort konnte mich nicht erschrecken. Ich war nie lange allein gewesen. Aber nach der chaotischen Geschichte mit Pierre und vor allem nach deren quälender Schlußphase hatte ich Lust auf Alleinsein, genau das war's, ich mußte Sinn und Richtung meines Lebens wiederfinden, wenn es denn so etwas gab. Was sollte mir also dieser auf meinem Sofa hingefletzte Jerzy?

Das Telefon läutete. Es war V., er war unglücklich und schockiert, weil ich sein Manuskript noch nicht zu Ende gelesen hatte, und er steigerte sich immer mehr in törichtes Gejammere hinein. Ich erklärte ihm, daß ich gerade erst aus New York zurückgekommen war.

»New York ist mir scheißegal, ich schreibe nicht für New York, ich schreibe für tausend Menschen in Frankreich ... Vielleicht sogar nur für fünfhundert, aber die sind mir wichtig, begreifst du das, die sind mir wichtig ... Wenn du nicht mehr meine Agentin sein willst, dann sag es halt, ich werde das schon verkraften, laß nur auch du mich fallen ...«

Er redete hellen Unsinn. Schließlich gelang es mir, ihn zu besänftigen.

Jerzy hörte zu, das Gespräch hatte seine Neugier geweckt.

»Sie arbeiten auch nachts?« fragte er.

»Ja. Nachts haben sie ihre Ängste, die Autoren.«

»Und ich, wenn ich meine Ängste habe, darf ich Sie dann auch anrufen?«

Mir fiel auf, daß alle seine Sätze mit »ich« begannen oder endeten. Eine Berufskrankheit. Er verlangte einen zweiten Kaffee.

»Sie werden danach nicht schlafen können«, sagte ich unwillkürlich.

»Wer will denn schlafen? Wollen Sie schlafen?«

»Zuweilen durchaus, aber heute abend bin ich völlig verdreht, wegen des Jetlag ...«

»Dann habe ich ja die ganze Nacht vor mir.«

»Um was zu tun?«

»Um Sie davon zu überzeugen, daß ich der richtige Mann für Sie bin ... Sehen Sie da, diesen Stern da, am Ansatz ihres Ringfingers? Dieser Stern, das bin ich. Ihr guter Stern.«

Ich wußte nicht mehr, ob er mich ärgerte oder ob er mich amüsierte. Beides vielleicht. Ich ließ mich tiefer in meinen Sessel sinken und streifte die Schuhe ab, um die Beine bequem hochzulegen.

»Sie fangen schon an, sich auszuziehen?«

Er war wirklich unausstehlich.

SCHLIESSLICH VERKÜNDETE ER, daß er nun mit seinem Plädoyer anfangen werde. Was habe er, um mir zu gefallen? Nichts, das gebe er zu. Eine Karriere, die vielversprechend begonnen habe, aber eben nur begonnen, Verbindungen, aber bedeutend weniger als ich, ein Äußeres, das bestimmte Frauen ihm gegenüber als attraktiv bezeichnet hatten, »kurz bevor sie sich ent-, beziehungsweise zurückzogen«, regelmäßig am Monatsende Geldprobleme, ein paar Schulden, tja, und was noch?

»Ich kann sehr witzig sein, und ich bin sehr intelligent«, sagte er. »Sie werden sich niemals mit mir langweilen. Haben Sie sich heute abend gelangweilt?«

»Eigentlich nicht, nein. Aber ich warte immer noch darauf, daß Sie mir erklären, wovor Sie vorhin im Restaurant Angst bekommen haben und warum Sie soviel Wert auf Dienstboteneingänge legen.«

»Warten Sie, ich werde es Ihnen sagen. Das ist meine Geheimwaffe.«

Er war zum Sprechen aufgestanden und wanderte jetzt im Zimmer auf und ab.

Wie er sich da mit seinen schmalen Hüften bewegte, war schon sehr anmutig. Ich stellte fest, daß sein Anzug gut geschnitten, aber schon ziemlich abgetragen war und daß für die Schuhe das gleiche galt. Aber er trug eine Cartier-Uhr. Ein Geschenk wahrscheinlich. Anwälte bekommen manchmal Geschenke. Oder es gab da eine Frau im Hintergrund ...

»Hören Sie mir überhaupt zu?«

Nein. Ich war durch meine Beobachtungen abgelenkt. Ich versprach, aufmerksam zu sein. Ich ahnte noch nicht, wie sehr ich es gleich sein würde.

JERZY WAR FÜNF JAHRE ALT, er war ein glücklicher und kaum zu bändigender kleiner Junge, als ihn seine Mutter eines Tages packte und hastig in den Schrank schob. Sie zog den Schlüssel ab und sagte: »Sei ganz still! Um Gottes willen, sei ganz still! Wenn du schreist, kommt der böse Wolf und holt dich!« Zutiefst erschrocken hielt er tatsächlich still, das Auge ans Schlüsselloch gepreßt. Plötzlich sah er wie zwei Männer hereinkamen, seine Mutter, die sich wehrte, ergriffen, seinen Vater schlugen und beide zur Tür hinausstießen.

Zuerst war er wie zu Stein erstarrt. Noch nie hatte man ihn bis dahin allein gelassen. Er wollte nicht schreien, aber dann überwältigte ihn die Panik. Er fing an zu brüllen.

Eine Stunde lang, vielleicht zwei, hatte er nach Luft schnappend von innen gegen die Schranktür gehämmert.

Endlich war jemand gekommen, um ihn zu befreien. Eine Nachbarin, die gesagt hatte: »Armer Kleiner ...«, nachdem es ihr mit Mühe gelungen war, das Schloß aufzusprengen. Und sie hatte das halb erstickte Kind zu sich mitgenommen. Später, viel später, hatte er seine Geschichte erfahren. Sein Vater war Jude polnischer Herkunft, seine Mutter Französin und katholisch.

Die Deutschen hatten sie beide verhaftet. Sie waren nie zurückgekehrt. Man wußte nicht einmal, wo sie umgekommen waren. Die mitleidvolle Nachbarin hatte Jerzy großgezogen, so gut es ihr ihre ärmlichen Verhältnisse erlaubten.

Zuerst hatte er hartnäckig nach seiner Mutter verlangt. Dann hatte er das Essen, das Schlafen, das Spielen verweigert. Lange Stunden lag er irgendwo in der Ecke. Man hatte ihm gesagt, seine Eltern seien verreist, er würde sie aber bald wiedersehen. Er sagte, nein, der böse Wolf hat sie geholt. Er zitterte am ganzen Körper und versteckte sich unter dem Tisch, sobald an die Tür geklopft wurde. Unermüdlich zeichnete er einen Mann und eine Frau, beide zerstückelt. Eines Tages bat er, man solle ihm von seinem Vater erzählen, weil er sein Gesicht malen wolle, es aber vergessen habe. Er sagte immer wieder: Er ist aus meinem Kopf weggeflogen, ich muß ihn einfangen, sonst stirbt er.

Zuerst hatte ihn die Nachbarin, die er Mamette nannte, mit zärtlichen, beschwichtigenden Worten umsorgt, Worten der Hoffnung. Dann, als ihr klar war, daß Jerzys Eltern niemals wieder auftauchen würden, hatte sie zu ihm gesagt: Du hast recht gehabt, der böse Wolf hat sie gefressen. Aber jetzt sind sie glücklich, sie sind im Himmel und passen von dort oben auf dich auf. Was man Kindern halt so sagt. Es waren Schulkameraden, ältere, die ihm die Wahrheit beibrachten. Ach, deine Eltern, die haben die Deutschen durch den Kamin gejagt. Mamette sah sich zu näheren Erklärungen genötigt. Sie tat es nach bestem Wissen, erschreckt von Jerzys Augen, den grauen Augen seiner Mutter, diesen ernsten Augen, die sie nie vergessen hatte. Von diesem Tag an sprach er nie wieder von seinen Eltern, als hätte er sie unter ihrer eigenen Asche vergraben. Nur eines blieb: In der kleinen Wohnung, wo Mamette ihm ein Klappbett aufgestellt hatte, konnte er nicht allein sein, er hielt es nicht aus. Nein, er hielt es einfach nicht aus.

Sie hatte das Kind, das ihr so unvermutet zugefallen war, mit all der Liebe erzogen, die ihr einfaches Herz zum Überquellen brachte. Sie hatte ihn sogar aufs Gymnasium geschickt, weil die Volksschullehrer sagten, der merkwürdige Junge sei hochbegabt und man müsse ihn fördern. Er erzählte von ihr mit Rührung: von dem Spülstein, über dem er sich jahrelang gewaschen hatte, vom Surren der Nähmaschine, während er seine Hausaufgaben machte – Mamette war Heimschneiderin –, von einer Diphtherie, über die sie ihn hinweggerettet hatte, nachdem er schon am Ersticken und vom Arzt aufgegeben gewesen war, von ihrer fixen Idee, aus ihm einen Rechtsanwalt zu machen, weil Rechtsanwälte die armen Leute in Schutz nehmen ... Von ihrem Stolz, als er seine Prüfungen bestanden hatte – sie war in Tränen ausgebrochen.

Das war Jerzys Geschichte, die Geschichte eines in tiefster Kindheit erlittenen Schreckens, der ihn noch immer überkam, wenn er eine plötzliche Bedrohung zu erkennen glaubte.

»Jetzt sehen Sie doch wohl«, sagte er, »daß Sie mir nichts abschlagen können.«

Als ich am nächsten Tag um zwölf Uhr mittags vom Läuten des Telefons aus dem Schlaf gerissen wurde, war Jerzy schon gegangen. Er hatte einen Zettel hinterlassen: »Wenn Sie mich nicht wiedersehen wollen, werden Sie mich nie wiedersehen. Ansonsten rufen Sie mich im Büro an, 5 48 24 12. Sagen Sie, Sie seien Madame de Mortsauf – Balzac wird's schon verzeihen –, dann weiß ich Bescheid. Sie sind schön, wenn Sie schlafen.«

Das war meine erste Nacht mit Jerzy. Eine Nacht des behutsamen, erfinderischen Streichelns, in der er sich meinen von Müdigkeit schweren Körper gefügig machte. Das war nicht ganz einfach. Zärtliche Sorgfalt war vonnöten, sollte ich die Gefilde der Lust erreichen und teilen können. Die ersten Umarmungen gehen doch meistens ein wenig schief. Blind stürzt man sich aufeinander, ist viel zu hastig, nimmt sich nicht die Zeit, mit einer fremden Haut, einem fremden Geruch, einem fremden Geschlecht Bekanntschaft zu schließen; innerer Aufruhr macht die Hände schroff, die Worte ungeschickt ... Danach ist man wie zu Eis erstarrt ...

Ich hatte auf diesem Gebiet ein paar ungute Erfahrungen gemacht. Aber Jerzy hatte es verstanden, mir jede Nervosität zu nehmen, auf mich zu warten und zugleich die richtigen Worte zu sagen. Ich liebte die Worte bei der Liebe, die direkten, nackten Worte, die man außerhalb der Umarmung nicht aussprechen kann. Er hatte sie ausgesprochen.

Würde ich ihn anrufen? Unter der Dusche sagte ich mir, daß ich nichts dergleichen tun würde, daß Jerzy ein gefährlicher Mann war, jawohl, gefährlich, ich fand kein anderes Wort. Ein Störenfried.

Als ich im Büro war, vergaß ich ihn. In zehn Tagen Abwesenheit hatte sich viel Arbeit auf dem Schreibtisch angesammelt. Verträge mußten ausgehandelt, Manuskripte gelesen, Autoren zum Schreiben gedrängt werden; ich betrieb meine Agentur allein, nur mit einer Sekretärin, Zeitverschwendung konnte ich mir nicht leisten.

Eine Literaturagentin hat viele Aufgaben: sie muß Amme, Schutzengel, Notar, bei Bedarf auch Teufel oder lieber Gott sein. Meine Kartei war nicht sehr umfangreich, doch ich hatte mir immerhin drei sehr bekannte Schriftsteller zu sichern gewußt, deren Rechte ich weltweit verwaltete, dazu ein paar weniger prominente, aber vielversprechende Autoren.

Ob bekannt oder unbekannt, begabt oder nur fleißig, ein Autor ist immer ein Nervenbündel. Bevor er schreibt, während er schreibt, nachdem er geschrieben hat.

Man muß ihn bei der Hand nehmen, ihn ermutigen, ihn manchmal kritisieren, ihn während der Arbeit lesen, wenn er das wünscht und aus einer Sackgasse nicht herauskommt, ihn neu anspornen, wenn er im Begriff ist, alles zu zerreißen, ihn umsäuseln, ihn beruhigend in den Armen wiegen. Das ist sozusagen die Ammenseite des Berufs. Es bleiben die materiellen Probleme, welche zahllos sind, Übersetzungen müssen beaufsichtigt, Erscheinungsbedingungen im Ausland erkundet beziehungsweise vertraglich abgesichert werden, des weiteren müssen Vorabdrukke und Filmrechte, eventuelle Taschenbuchausgaben und sonstige Nebenrechte ausgehandelt, Vorschüsse festgesetzt und die ganzen Abrechnungen erledigt werden – all das ist das tägliche Brot eines Literaturagenten. Ich besaß Verhandlungsgeschick, meine Dreisprachigkeit war mir nützlich, was ich aber besonders liebte an meinem Beruf, das war das Vertrauensverhältnis, das sich zwischen meinen Autoren und mir herausgebildet hatte – bedeutete es doch, daß sie auf mein Urteil Wert legten.

Ich war ziemlich stolz darauf, daß sich in meinem »Stall« auch zwei ausländische Romanschriftsteller befanden, die als besonders launisch galten und die ich gezähmt hatte. Der eine machte mir gerade Sorgen, weil mir sein jüngster Text schwach erschien und ich nicht recht wußte, ob ich es ihm sagen sollte.

Schließlich hatte ich des öfteren die Aufgabe, ein bestsellerverdächtiges amerikanisches Opus auf dem französischen Markt zu versteigern. Eine ungemein amüsante Angelegenheit. Am festgesetzten Tag macht jeder der interessierten französischen Verleger ein Angebot. Vier Tage haben sie dann Zeit, um einander zu überbieten, und alles läuft über mich.

Wenn die Auktion, sagen wir, am Montag eröffnet wird, dann wird sie am Freitag um zwölf Uhr mittags geschlossen.
Der Kühnste geht mit dem Titel nach Hause. Die anderen sind zugleich wütend und erleichtert, denn es handelt sich immer um große Summen, um Hunderttausende von Dollars, für Bücher, die sie manchmal, wie es im Fachjargon heißt, »blind« kaufen sollen. Ohne eine Zeile gelesen zu haben. Im Vertrauen auf den großen Namen oder auf das zugkräftige Thema.
An jenem Tag hatte ich gerade begonnen, die nächste »Blind«-Auktion zu organisieren, wobei es um einen in den Westen übergelaufenen sowjetischen Geheimagenten ging. Und es versprach, ein heftiges Gerangel zu werden.
Als ich von meinem Schreibtisch aufblickte, war es bereits nach sieben, und ich hatte plötzlich panische Angst, Jerzy

nicht mehr anzutreffen. Was! Hatte ich mich etwa schon an ihn gewöhnt?

»Er ist in einer Besprechung«, sagte die Sekretärin. »Wen darf ich melden?«

»Madame de Mortsauf.«

»Ach so, bitte bleiben Sie am Apparat ...«

Jerzys Stimme kam mir kühl und unpersönlich vor. Er sagte lediglich: »Guten Abend. Ich bin um acht Uhr bei Ihnen. Bis gleich.«

Leicht verwirrt fuhr ich nach Hause. Was hatte ich erwartet? Telefonische Ergüsse?

Ich versuchte mir vorzustellen, wo er arbeitete. Ich wußte, daß er einer der Angestellten des momentan gerade sehr prominenten Anwalts Mollard war, der seine Kanzlei am Boulevard Saint-Germain hatte ... Ich stellte mir einen kleinen, schlecht beleuchteten Raum in einer großbürgerlichen Wohnung vor, wo er für den Staranwalt die Akten aufbereitete. Selbst auftreten durfte er wahrscheinlich bei Scheidungssachen, unbedeutenden Prozessen, die den großen Kanzleien in der Regel lästig sind.

Zorn erfüllte mich, daß ich ihn angerufen und er über mich verfügt hatte, als gehörte mein Abend ganz selbstverständlich ihm.

Er kam um acht, beladen mit einer Flasche Champagner und mit allerlei exotischer Feinkost, wie man sie in den länger geöffneten Geschäften findet, ging zum Kühlschrank, um seine Einkäufe zwischenzulagern, und sagte:

»Ich wette, da drin befindet sich eine trostlose Scheibe Schinken, die Sie im Stehen vom Teller weggegessen hätten, wenn ich jetzt nicht gekommen wäre ...«

»Sie glauben, ich brauche Sie, um mich vernünftig zu ernähren?«

»Sie brauchen mich. Das ist alles.«

»Sagen Sie das noch mal und ich setze Sie an die Luft!«

»Mein Gott, sind Sie selbstsicher! Selbstsicher und stur!«

Betont ruhig nahm er mir das Glas aus der Hand, umfaßte ganz sanft meine Schultern und küßte mich sehr, sehr behutsam auf die Stirn.

Wahrscheinlich hatte ich auf einen Überfall gewartet. Wieder verblüffte er mich.

»Kommen Sie«, sagte er. »Setzen Sie sich, ich muß Ihnen etwas erzählen. Sie haben mir Glück gebracht. Mollard hat mir einen ganz unglaublichen Fall anvertraut ... Eine Frau aus großbürgerlichen Verhältnissen, die ihren Liebhaber im Schlaf erschossen hat, aus Eifersucht ... Haben Sie in den Zeitungen davon gelesen? Mollard will die Verteidigung nicht selbst übernehmen, weil er zu dem Liebhaber in persönlicher Beziehung stand.

Womit erklärt ist, warum sich nun der kleine Jerzy zu den Höhen des Ruhms emporschwingen wird! Ach, ich bin so glücklich, mein Engel, glücklich, glücklich, glücklich!«

Vom Sehen kannte ich die Frau. Sie war um die Vierzig, vielleicht auch etwas jünger, sie war schön und stammte aus einer schwerreichen, hochvornehmen Industriellenfamilie ... Der Skandal hatte großes Aufsehen erregt.

»Sind Sie sicher«, sagte ich, »daß die Familie ...«

»Daß die Familie nichts gegen mich einzuwenden hat? Ja, dessen bin ich sicher. Die Familie ist außer sich und hat die Mörderin verstoßen. Am allerliebsten sähe sie sie in einer geschlossenen Anstalt wegen schwerer geistiger Verwirrung.«

»Eine tolle Geschichte, in der Tat.«

»Ich hatte Ihnen ja gesagt, daß man sich mit mir niemals langweilt.

Die Sache ist die ...«

Er ging mit großen Schritten im Zimmer auf und ab, stieß dabei an die Sessel, war ganz erfüllt von seiner Sache. Ich dachte an die Frau, an den Leidensdruck, der erreicht sein muß, bevor man aus Eifersucht einen Menschen umbringt ... Wie jedermann wußte ich was Eifersucht ist, aber jemanden umbringen ... Wäre ich fähig dazu? Wäre ich fähig zu solch hochdramatischem Gebaren, zu vernichtender Leidenschaft, zum Wahnsinn? War ich nicht eher jemand, der sparsam mit seinen Gefühlen umging ...?

Jerzy hatte sich mir genähert. Er zog am Reißverschluß meines Kleides, es teilte sich wie die Schale einer Frucht, bevor er es mir über die Schultern herabstreifte. Ich ließ das grüblerische Fragen sein, zumindest für eine Weile.

DER CHAMPAGNER war noch nicht kalt, als er sich ans Entkorken machte, aber es drängte ihn, diesen Tag zu feiern, an dem ihm plötzlich alles nach Wunsch geraten war.

»Heute morgen«, sagte er, »war ich unglücklich, einsam, beschämt über mein Betragen, überzeugt, daß Sie mich nicht anrufen würden, und vor mir lag eine ganze Reihe von langweiligen, zähen Dutzendfällen. Heute abend bin ich der Liebhaber der hübschesten Frau von ganz Paris und der Verteidiger einer romantischen Schwerverbrecherin. Ich möchte am liebsten einen gigantischen Freudenschrei tun. Und ich werde ihn tun.«

Und er stieß einen wilden Schrei aus.

Die hübscheste Frau von ganz Paris ... Ich verabscheute dieses Klischee, das im übrigen auch gar nicht zu mir paßte. Mit meinen vierzig Jahren besaß ich einen gewissen Charme, ausdrucksvolle

Augen, einen schönen Mund, einen schlanken Körper, für den ich die richtige Kleidung zu finden wußte, ich war für Männer erkennbar attraktiv, aber ich war nicht hübsch, das hatte mir Pierre zur Genüge gesagt. »Du bist nicht einmal hübsch, ich frage mich, was ich eigentlich an dir finde ...«

Seit wir getrennt waren, dachte ich oft an ihn, an die kaputte Beziehung, zu der unser gemeinsames Leben geschrumpft war ... An die Hartnäckigkeit, mit der er mich daran gehindert hatte, berufstätig zu sein. Gottlob ist man ja noch imstande, seiner Frau zu bieten, wonach ihr gelüstet ... Ich war sein Luxusobjekt, sein Besitz, ich gehörte ihm, und eine Zeitlang war mir diese Unterjochung, die mich scheinbar aufwertete, durchaus angenehm gewesen ...

Er betrog mich. Natürlich ahnte ich es. Aber ich nahm es hin. Kurze und armselige Abenteuer eines ständig überarbeiteten Chirurgen.

Die Ereignisse im Mai '68 hatten mich aus meinem Dämmerzustand gerissen. Die Revolution der Frauen, die sie wie eine Grundwelle erfaßte, die Selbstverwirklichung, auf die sie plötzlich pochten, das große Ächzen und Knacken in den Paarbeziehungen um mich herum, auf das in vielen Fällen der Bruch folgte ...

Zuerst hatte ich so wie Pierre reagiert: »Sie sind verrückt ... Die Frauen sind verrückt geworden ...« Dieses hysterische Geschrei auf den Straßen, diese zur Schau gestellten nackten Busen ...

Das Manifest der Frauen, die sich zu ihren Abtreibungen bekannten, stieß mich ab. Ich fühlte mich nicht betroffen. Aber eine Freundin hatte mich zu einer Kundgebung mitgeschleppt, wo mehrere Frauen das Wort ergriffen. Verstört, im Innersten aufgewühlt, war ich nach Hause gegangen; plötzlich war ich mir der Unterdrükkung bewußt, in der Pierre mich gefangenhielt, nun war ich mir sicher, daß ich seit Jahren wie verstümmelt lebte ... Ich versuchte, mit ihm darüber zu reden. Er lachte nur. Dieses Lachen ging mir durch Mark und Bein. Ich wurde verleugnet, in meiner Existenz verneint, ich war zu lebenslänglicher Ehehaft verurteilt. Ausgerechnet zu diesem Zeitpunkt ließ er sich auf eines jener flüchtigen Verhältnisse ein, die ich unverzüglich witterte. Ich stellte ihn vor die Wahl: entweder die Scheidung oder das Recht zu arbeiten. Er war entsetzt. Scheidung? Nie und nimmer! Arbeiten? Aber du kannst doch gar nichts, mein armes Kind! Was soll denn dieser Quatsch? ...

»Hallo, mein Engel, woran denkst du denn so fern von mir?«

Jerzy holte mich zu sich zurück. Jetzt war ich glücklich, daß er da war.

Aus meinem verwüsteten Bett stieg ein Geruch nach jungem Mann auf, vermischt mit meinem Parfum ... Inzwischen erkundete er meinen Körper, als wäre er eine Landschaft, deren Hügel, Senken und Täler Namen erhalten müssen. Ich wollte aufstehen.

»Bleib«, sagte er. »Schließlich habe ich ein Recht darauf, dich zu betrachten. Ich habe dich berührt, aber gesehen habe ich dich nie. Ich will ihn mir ganz und gar einprägen, deinen Körper ... Weißt du was? Ich glaube, ich bin verliebt in dich.«

DIESMAL WAR ER ES, der neben mir einschlummerte, den Arm als schweren Riegel über meiner Brust. Ich sah ihm zu, wie er schlief, ein Fremder, der wie ein Einbrecher in mein

Leben eingedrungen war. Er war nicht schön mit geschlossenen Lidern. Verführerisch war seine Stimme, waren seine grauen Augen. Aber im Schlaf fand er zu einer Art Kindlichkeit zurück, die mich rührte – was ich mir sofort zum Vorwurf machte. Eine innere Stimme sagte mir, daß bei Jerzy zärtliche Rührung sehr bald Sklaverei bedeuten würde. Wie alt mochte er sein? Zweiunddreißig, dreiunddreißig ...

Ich machte die Nachttischlampe aus. Das Licht einer Firmenreklame drang durch die Gardinen und tauchte das Zimmer in blaue Schatten. Ich stieg vorsichtig aus dem Bett, um eine Schallplatte anzuhalten, die sich endlos drehte. Es war die *Appassionata,* ich erinnere mich genau.

ALS ER ERWACHTE, ging die Sonne auf, die dunkel sprießenden Bartstoppeln hatten seine Wange rauh gemacht, er schämte sich, so lange geschlafen zu haben. Er hatte es eilig wegzukommen, ich hatte es eilig, ihn zu verabschieden – der Zauber der Nacht war verflogen.

Ich bot ihm einen Kaffee an, während er sich anzog. Er lehnte ab. Als fühlte er sich bei etwas Ungehörigem ertappt, weil der Schlaf ihn hingestreckt hatte.

Wir vereinbarten, daß ich ihn im Lauf des Tages anrufen würde.

»Madame de Mortsauf, nicht vergessen!«

»Aber warum denn?«

»Weil es unnötig ist, daß du dich ins Gerede bringst. Meine Sekretärin ist neugierig wie ein Frettchen.«

»Also meinetwegen Madame de Mortsauf, auch wenn sie mir leid tut.«

»Wieso leid tut? Sie ist eine wunderbare Gestalt, die ...«
Er holte wahrhaftig zu einer Vorlesung über Balzac aus. Ich machte ihn mundtot mit einem Kuß und schob ihn hinaus.
Dies war meine zweite Nacht mit Jerzy.

SEHR BALD SCHON wollte er mir Albert vorstellen. Seinen Kumpel, seinen Freund, seinen Bruder. Albert war Pianist. Ein schöner Mann, wäre nicht die Schlaffheit der vom Alkohol aufgeschwemmten Züge gewesen. Er trank maßlos, und das hatte seine Karriere ruiniert. Bei seinem letzten Konzert war er sturzbesoffen auf der Bühne erschienen. Danach hatte er kein Engagement mehr bekommen. Um seinen Lebensunterhalt zu verdienen, spielte er abends in einem Lokal einen melancholischen und großartigen Jazz. Etwa nach dem achten Whisky wurden seine Improvisationen genial. Man konnte ihm die ganze Nacht zuhören.

Albert gefiel mir sofort. Er war ein Versager, und ich habe für Versager zärtliche Sympathie übrig. In meinem Beruf begegne ich vielen. Männern, Frauen, die etwas zu sagen hätten, es aber nicht schaffen, dieses »etwas« konkreter zu fassen. Und dennoch, es ist da, ganz nah sogar, und es ist nicht da, es dringt einfach nicht an die Oberfläche. Der Erfolg läßt sie sozusagen am Wegrand stehen. Es war eine große Freude für mich gewesen, V. zum Schreiben zu bringen, ihn dem bösen Zauber zu entreißen, der ihn in sich selbst einschloß. V. würde nie ein Autor für das breite Publikum sein, es sei denn – aber das war äußerst unwahrscheinlich –, eines Tages würde ihm einer der großen Literaturpreise zufallen. Aber er war ein eindrucksvoller Stilist, er hatte den unverwechselbaren Ton, die poetische Kraft des bedeutenden Schriftstellers. Es war nur darauf angekommen, ihm zu helfen, seine Fesseln zu sprengen, seinem lyrischen Strom eine Richtung zu weisen.

WAR ES DER ALKOHOL, der Albert zerstörte, oder gab es tief in ihm verborgen etwas, was ihn in den Alkohol trieb? Auf jeden Fall war er ein gebrochener Mann.

Bevor ich mit ihm sprach, sollte ich ihn spielen hören; das hatte Jerzy so gewollt. Albert machte schließlich eine Pause und trat zu uns an den Tisch. Er musterte mein hautenges schwarzes Kleid mit Kennerblick, glitt andeutungsweise mit der Hand über meine nackten Schultern und sagte lediglich: »Hübsch ...«, dann ließ er sich auf einen Stuhl fallen. Schließlich sagte er, er habe für mich gespielt, er habe mich »zuhören gehört«, dies sei seine Art zu reden, und man müsse ihm verzeihen, wenn er sich der Worte nicht so wie der Noten bedienen könne. Für die Worte sei Jerzy zuständig.

»Tun Sie ihm niemals etwas an«, sagte er, »ich würde es Ihnen nicht verzeihen, und ich kann sehr unangenehm werden.«

Jerzy protestierte und schwor, daß ihm von meiner Seite unmöglich etwas Böses widerfahren könne.

»Und wenn er *mir* etwas Böses antut«, fragte ich, »was werden Sie dann tun?«

»Wenn er Ihnen etwas Böses antut, dann ist er ein Idiot.«

»Was man auch nicht völlig ausschließen kann ...«

»Nun, ich halte es für ausgeschlossen.«

Ich lachte, und gleichzeitig war ich mir bewußt, daß ich nichts für ausgeschlossen hielt. Selbst in meinem Zustand freudiger Blendung und sanften Dahinschmelzens, wie er sich immer einstellt am Beginn dessen, was vielleicht einmal Liebe heißen wird, selbst jetzt hielt mich etwas davon zurück, auf Wachsamkeit gänzlich zu verzichten.

Hatte es mit den paar Jahren Altersunterschied zu tun? Der machte mir im Moment wenig aus. Wohl war mir an meinem vierzigsten Geburtstag flüchtig der Gedanke gekommen, daß ich die Jugend nun hinter mir ließ, aber ein Blick in den Spiegel, wäre es nötig gewesen, hätte mich beruhigt ... Ich war unversehrt. Besser noch: Ich war jünger geworden, seit ich arbeitete. In weniger als fünf Jahren war die erloschene, im Schatten von Pierre dahintreibende Frau, die ich so lange gewesen war, voll aufgeblüht, hatte neue Ausstrahlung und eine ganz neue Kraft gewonnen.

Manchmal versetzte mich ein Fältchen um die Augen in Unruhe... Dann forschte ich in den Blicken der Männer. Einer kam immer des Wegs, mir die Sorge zu vertreiben.
Jerzy war der letzte in der Reihe. Also, weg mit den Bedenken. Ich brauchte mich doch nur lieben zu lassen.

DER JUNI GING in einer schwülen Sommerschläfrigkeit zu Ende. Pompidou war nun schon einige Jahre Staatspräsident, die Verblüffung über General de Gaulles plötzlichen Abgang hatte sich längst gelegt, man riß sich noch immer die Geschichte des Sträflings *Papillon* aus den Händen, man sang noch immer Serge Gainsbourgs *Je t'aime, moi non plus*. Heitere Ferienstimmung erfaßte Paris.

Eines Abends sagte Jerzy zu mir:
»Ich möchte mit dir wegfahren ... Irgendwohin in die Provence, ans Meer. Komm. Laß uns losziehen.«
Ich hatte damals einen Mercedes Cabrio, Pierres letztes Geschenk, und der Wagen war noch in bestem Zustand. Dieses Auto faszinierte Jerzy, als wäre es ein Stück von mir gewesen. Er nannte mich die Mercedes-Frau, und manchmal blieb er auf dem Trottoir stehen, um mich am Steuer zu bewundern.
Mein Vorschlag, per Schlafwagen zu reisen, erntete nur Protestgeschrei. Mercedes wollte er fahren!
Dann plötzlich, als ich schon alles geregelt hatte, um einige Tage dem Büro fernbleiben zu können, erklärte er mir mit düsterer Miene: »Aus unserem Urlaub wird nichts.«
Was war geschehen? Mit viel Mühe brachte ich schließlich die Wahrheit aus

ihm heraus. Er hatte niemanden gefunden, der ihm Geld für die Reise hätte leihen können, und er selbst besaß keinen Pfennig.

»Na und«, sagte ich, »wo soll da das Problem sein? Ich lade dich ein, fertig!«

Er zierte sich nicht wirklich. Am nächsten Tag, in aller Frühe, fuhren wir der Sonne entgegen.

Es waren Tage, die ich nicht vergessen werde, sollte es einst mit Jerzy zur großen Abrechnung kommen. Ein Feuerwerk der geteilten Gefühle und der nicht mitteilbaren, wilden Freuden, ein Feuerwerk auch des Lachens.

Abgekämpft, bleich, bedrückt von beruflichen Sorgen waren wir abgefahren. Schon in Valence hatte das Licht in den

Platanen neue Lebensgeister in uns geweckt. Wie sehr habe ich sie genossen, die straff zum Meer hinunter gespannte Straße des Südens, auf der uns mit jedem Kilometer ein wenig leichter wurde ums Herz . . . Jerzy sang – natürlich falsch – aus vollem Hals Chansons von Serge Gainsbourg.

Ich hätte es unerträglich gefunden, wenn er richtig gesungen hätte.

Ich fuhr einen schweren Wagen, ich fuhr schnell, die Straßen waren fast leer. So etwas wirkt immer berauschend.

Ein angenehmes Zimmer erwartete uns in einem noch spärlich belegten Hotel an der Plage de la Garoupe. Zu Tode erschöpft fiel ich aufs Bett und schlief zwölf Stunden lang ohne Unterbrechung. Als ich wieder aufwachte, saß Jerzy da und betrachtete mich.

»Du bist unglaublich! Wie schaffst du das, so zu schlafen?«

»Wie zu schlafen?«
»Wie ein Säugling.«
»Säuglinge wachen ständig auf und greinen. Du redest dummes Zeug, mein Engel. Schnell, einen Tee bitte.«
Liebe am Morgen lag mir eigentlich gar nicht. Aber jetzt dachte ich, daß ich im Irrtum gelebt hatte und daß es zwischen zwei noch nachtwarmen Körpern eine Morgenliebe gibt, die so wunderbar duftet wie frische Brötchen.
Ich schlüpfte in einen Badeanzug, denn nun hatte ich es eilig, ins Wasser zu kommen.
»Du willst dich im Ernst so zeigen?« fragte Jerzy.
»Gefällt dir mein Badeanzug nicht?«
»Du bist ja nackt!«
»Keineswegs, ich bin sehr anständig gekleidet!«
»Alle werden deine Schenkel, deine Brüste sehen ... Stört dich das denn nicht, wenn

alle deine Brüste sehen? Lüsterne, pubertierende Jünglinge, obszöne Greise?«

»Jerzy, ich kann doch nicht in der Priestersoutane baden gehen!«

»Warum nicht? Ich will nicht, daß der Körper der Frau, die ich liebe, durch die Geilheit brünstiger Männer beschmutzt wird.«

»Du hast nichts zu befürchten. Eine Frau im Badeanzug ist alles andere als erotisch.«

Er sah mich erstaunt an.

»Weißt du was? Es stimmt, was du da gerade gesagt hast. Dein Aufzug ist alles andere als erotisch.«

»Siehst du!«

Er schob die Träger meines Badeanzugs herunter und wiederholte dabei: »Alles andere als erotisch, alles andere als erotisch ...«

Diesmal durfte ich die Halb-ein-Uhr-Mittags-Liebe kosten.

Wir lebten ineinander verschlungen. Wenn er mit mir schlief, mußte ich an die feinfühlige Geschmeidigkeit von Katzen denken.

»Weißt du was?« sagte er manchmal. »Männer und Frauen sind deswegen kaltherzig und böse, weil sie unfähig sind, sich bei der Liebe aufeinander einzustellen!«

»Was weißt du denn davon?«

»Ich weiß es eben. Oh, ich weiß einiges . . .«

Lange hatte ich geglaubt, ich würde den Stempelabdruck, den Pierre auf meinem Körper hinterlassen hatte, nie wieder loswerden. Spöttisch hatte er sich zwischen mich und alle seine flüchtigen Nachfolger geschoben. Nun war ich wie erlöst.

Und dann, Schritt für Schritt, entdeckte ich Jerzy. Jerzy, der nicht schwimmen konnte – »man hat es mir nicht beigebracht, als ich klein war« –, Jerzy, der aberwitzige Trinkgelder verteilte, um sich bei den Hotelportiers beliebt zu machen, Jerzy, den die Sonne verbrannte, weil er jede Creme zurückwies ... Er war nie in der Sonne gewesen.

Ich mochte es, daß er am Strand mit den Kindern spielte und daß die Kinder begeistert von ihm waren.

Er wollte wissen, warum ich keine Kinder hatte. Ich sagte ihm, durch ein Mißgeschick sei ich unfruchtbar geworden. Er wollte wissen, welche Art von Mißgeschick. Widerstrebend gab ich ihm einige medizinische Erklärungen. Ein Embryo hatte sich außerhalb der von der Natur vorgesehenen Schutzhülle entwickelt. Es war zu inneren Blutungen gekommen ... Eine alte Wunde, an die ich nicht gerne erinnert wurde. Den völlig verstörten Pierre sah ich wieder vor mir. Sah den dummen Kerl von Chirurgen, wie er mir

sagte: »Ab jetzt haben Sie wenigstens ihre Ruhe!« Von wegen Ruhe ... Verkrüppelt war ich, nichts anderes.
»Schade«, sagte Jerzy, »ein Kind von dir, das hätte mir schon gefallen.«

Er erzählte mir von seinem Beruf, und ich spürte die Ungeduld, mit der er auf die erste wirkliche Bewährungsprobe wartete. Ich habe viele ehrgeizige junge Männer gekannt, aber keiner schien sich so sicher wie er, einer Bestimmung zu folgen – auch wenn das Leben verdammt lange zögerte, ihm ein Zeichen zu geben ...
»Aber nun bist du gekommen«, sagte er, »und mit dir das Glück. Ich werde es schaffen, daß Christine T. freigesprochen wird, deinetwegen werde ich den Freispruch erreichen, du wirst sehen.«

»Wieso meinetwegen?«

»Um Eindruck auf dich zu machen, damit du niemals bereust, dem kleinen Jerzy begegnet zu sein ... Damit du stolz auf mich bist.«

Auf das schwärmerische Hochgefühl folgten Anfälle von Schwermut. Er erzählte von Albert und davon, daß er im Falle eines Scheiterns sicher den gleichen Weg gehen werde; er erzählte von ihrer Freundschaft, die besiegelt worden war, als Albert wegen eines nicht eingehaltenen Vertrags in der Klemme gesteckt und er ihm die unangenehme Sache vom Hals geschafft hatte.

»Das Dumme ist, daß ich keinen Alkohol mag. Küß mich, küß mich schnell, ich fange an, langweilig zu werden.«

Danach begann er Fragen zu stellen. Woher ich käme, wer ich eigentlich sei ... Aber in gewisser Weise war es reine Höflichkeit. Er machte sich ein bestimmtes

Bild von mir – ich war die Mercedes-Frau –, das ich nur hätte zerstören können, hätte ich es zurechtgerückt. Ich war nichts Besonderes, ich entstammte dem gehobenen Bürgertum, dem der Provinz wohlgemerkt, ich war die Enkelin eines Richters, die Tochter eines Notars, die Gattin eines Chirurgen, die sich mit etwas Glück eine gewisse Stellung in der Buchbranche geschaffen hatte. Kein sehr romantischer Hintergrund. Ich widerstand der Versuchung nicht – wer schafft das schon? –, ihm von meiner eher freudlosen Kindheit zu berichten, bei Eltern, die schon ziemlich alt waren, von der Spätphase meiner Jugend, in der ich aus der Vormundschaft eines autoritären Vaters in die eines befehlsgewohnten Ehemanns hinübergeglitten war, nachdem ich selbstverständlich auch ein bißchen studiert und sogar einen Abschluß in Psychologie zuwege gebracht hatte – schließlich muß man ja einen Abschluß machen.

Aber ich war nie mit einem Zirkusartisten durchgebrannt, ich war nicht von einem inzestuösen Vater vergewaltigt worden, ich hatte nie meine Mutter mit einem Liebhaber überrascht, kein zweifelhaftes Erlebnis, wie sie die Biographien würzen, hatte stattgefunden in diesen im Grunde banalen Jahren, an die ich mich eher als an einen langen Schlaf erinnere. Aufgewacht war ich erst mit über Dreißig.

»Und dann hast du es voll genossen.«

»Richtig, ich habe es genossen.«

»Du hast Liebhaber gehabt ...«

»Ja, ich habe Liebhaber gehabt, wenn man das so nennen kann.«

»Und dein Mann hat es hingenommen?«

»Sprechen wir nicht von meinem Mann, Jerzy. Im übrigen ist er nicht mehr mein Mann.«

»Aber du liebst ihn noch.«

»Nein, ich glaube nicht.«

»Glaubst du oder bist du dir sicher?«

»Ich bin mir sicher, daß du im Begriff bist, langweilig zu werden. Küß mich, dann kriegst du heraus, wen ich liebe ...«

Nun wollte auch ich ihn zu den Frauen befragen, die eine Rolle in seinem Leben gespielt hatten. Aber er verschloß sich wie eine Auster.

»Ich weiß nichts, ich habe alles vergessen. Du bist die erste.«

GEBRÄUNT, die Haut von Sand und Liebe glattgerieben, so ließen wir uns vom Feuer der Leidenschaft verzehren; da erhielt ich am zehnten Tag einen Anruf aus Paris: ein amerikanischer Schriftsteller, dessen

Interessen ich vertrat, war unangemeldet eingetroffen und wartete auf mich.
Jerzy setzte sofort die Miene eines geprügelten Kindes auf. Halbherzig führte er mir vor Augen, wie gut man in Paris ohne mich zurechtkommen würde, dann fügte er sich.
Im ersten Morgenlicht luden wir unser Gepäck in den Mercedes. Während der gesamten Rückreise machte Jerzy den Mund nicht auf, außer als er sich zu einem raschen Mittagessen bequemte. Ab Auxerre fuhren wir dann im Regen. Bis zum Ende der Fahrt blieb das Hin und Her der Scheibenwischer die Geräuschkulisse für unser Schweigen.
Als ich Jerzy vor seiner Wohnung absetzte, sagte er: »Was soll jetzt aus mir werden, so ganz allein in Paris?«
»Aber du bist doch gar nicht ganz allein!«
»Doch, der Kerl wird dich rund um die

Uhr mit Beschlag belegen, das sehe ich doch jetzt schon ...«
Er ging mir auf die Nerven. Ich stieg wieder in mein Auto. Im übrigen brauchte ich eine Atempause.

MEIN AMERIKANER war kein bequemer Kunde. Sein Marktwert war hoch. Er verlangte beträchtliche Vorschüsse. In fast allen Ländern setzte ich sie durch. Bis zu diesem Punkt war alles relativ einfach. Aber wenn er nach Paris kam, mußte man ihm Unterhaltung bieten ...
Er wollte »einen draufmachen«, wie er sich auszudrücken pflegte. Einen draufmachen, das hieß bei ihm: ein Mädchen und außerdem Alkohol. Um Mitternacht war er knallrot im Gesicht. Um zwei Uhr war er violett. Um vier Uhr mußte man

sich mit ihm prügeln, um ihn ins Bett zu schaffen.
Nüchtern war er sehr liebenswert, und die Gespielinnen, die meine Sekretärin anwarb, um seine Abende zu versüßen, waren jedesmal ganz gerührt, wenn er ihnen nach einigen Gläsern einen Heiratsantrag machte. Aber der Alkohol stimmte ihn bösartig. Dann konnte er ordinär und sogar brutal werden.
Ich mochte ihn gerne, den großen, ungeschliffenen, aber hochbegabten Kerl, und ich paßte so gut ich konnte auf ihn auf.
Eines Abends kam ich auf die Idee, ihn zu Albert mitzunehmen. Der erste Gast, den ich im Halbdunkel wahrnahm, war Jerzy. Neben ihm saß eine üppige Blondine, die mir unbekannt war. Ein kleiner Stich ging mir durchs Herz. Im Vorbeigehen flüsterte ich ihm zu: »Siehst du, in Paris ist man nie allein ...« Ich hatte mich nicht beherrschen können. Er stand auf.

Er hatte mich nicht kommen sehen. Scheinbar kaltblütig bat er uns, an seinem Tisch Platz zu nehmen. Mein Amerikaner war bereits fasziniert von der Blonden, die ihrerseits deutlich beeindruckt reagierte, als sie seinen Namen hörte. Sie sprach Englisch, wenn auch radebrechend. Im Nu sah sich Jerzy aus der Unterhaltung ausgeschlossen. Blaß und verkniffen saß er da.

Albert spielte gerade »I could not sleep a wink last night«, als es unvermittelt brenzlig wurde. Jim war betrunken. Er begann, verbale Obszönitäten von sich zu geben und Champagner in den Ausschnitt der Blonden zu gießen, die sich kichernd hin- und herwand. Jerzy erhob sich und verlangte in scharfem Ton, er solle damit aufhören. Der andere verstand ihn nicht und fragte mehrmals: »What's wrong? Something's wrong?«

Ich versuchte ihm klarzumachen, daß die

Blondine nicht für ihn bestimmt war, daß er kein freies Spiel bei ihr hatte, aber er war nicht mehr fähig, auf mich zu hören.
Jerzy packte ihn am Handgelenk. Jim kippte vornüber auf den Tisch, kam wieder hoch, holte aus, um Jerzy die Faust ins Gesicht zu rammen, verfehlte ihn und ging in seinem Schwung zu Boden... Gläser zersplitterten, ein Kellner stürzte herbei. Die Blondine schrie auf. Der Abend war verdorben.
Was hatte ich aber auch in Jerzys Revier zu suchen gehabt? Genau das sprach er in kühlem Ton aus, nachdem die Rausschmeißer Jim und seine Blonde, die nicht mehr von ihm weichen wollte, in ein Taxi gepackt hatten.
»Wer ist sie?«
»Eine Freundin.«
»Niveau hat sie nicht.«
Auch jetzt konnte ich mich nicht beherrschen.

»Was willst ausgerechnet du vom Niveau der Frauen wissen?«

»Schön. Ich gehe.«

»Genau, geh nur!«

Mit betonter Würde verließ ich das Lokal.

ACHT TAGE VERGINGEN, Jim war wieder abgereist, ich hatte in diesem Sommermonat wenig zu tun, und ohne Nachricht von Jerzy quälte ich mich mit meinen Gedanken herum. Was glaubte denn der Schnösel? Ich würde mich doch nicht entschuldigen, weil er, kaum drehte ich ihm den Rücken zu, irgendwelche Blondinen ausführte! Ich tat, was man in solchen Fällen tut, ich räumte meine Schränke auf, rief lange vernachlässigte Freunde an, um mich zum Abendessen einladen zu lassen; ich suchte sogar, Schande über mich, eine Kartenlegerin auf. Sie sagte mir, in meinem Leben werde demnächst ein Jurist eine große Rolle spielen. Vielen Dank. Das wußte ich bereits. Am Abend dann, als ich allein vor dem Fernsehgerät saß und mir einen alten Schwarzweißfilm mit Greta Garbo anschaute, hätte ich beinahe geweint.

Ein dutzendmal war ich kurz davor gewesen, schwach zu werden, wollte ich Jerzys Nummer wählen. Ein dutzendmal widerstand ich der Versuchung.

Am Ende war es Albert, der anrief.

»Was für ein Spielchen spielt ihr beiden denn? Ist das Leben nicht schon so kompliziert genug? Kommen Sie morgen abend, er wird dasein. Nun, Sie werden doch kommen, oder?«

Als ich in Alberts Lokal eintraf, zitterte ich. Ich zitterte am ganzen Leib. Vor Aufregung, vor Beklommenheit, vor Sehnsucht und auch vor Furcht. Furcht, diesmal könnte etwas nicht Wiedergutzumachendes zwischen uns passieren, etwas, was uns für immer auseinanderbringen würde.

Jerzy saß in der Nähe des Klaviers. Er nahm meine Hand, küßte sie, drehte sie um und tat wieder, als lese er mühsam daraus: »Hochmütig, kühl und dazu noch nachtragend. Nachtragend, das hatte ich vergessen. Guten Abend! Darf ich bitten, Madame?«

Er nahm mich in die Arme. Albert spielte: »Say it is'nt so . . .« Mehr zu sagen war nicht nötig.

So ging mein erster Streit mit Jerzy zu Ende, ohne Sieger und ohne Verlierer.

Als die allgemeine Sommerpause vorüber war, ertranken wir sogleich in Arbeit; wir waren froh, wenn wir an den Wochenenden, von denen wir einige in der Normandie verbrachten, wieder etwas zu Atem kamen.

Ich spielte Golf, aber das machte Jerzy so unglücklich, daß ich darauf verzichtete, ihm die Zuschauerrolle aufzunötigen. Er lehnte es ab, einen Golfschläger in die Hand zu nehmen, so als handelte es sich um das Erzsymbol des triumphierenden Kapitalismus.

Wir machten ausgedehnte Spaziergänge an grauen Stränden entlang, ließen uns vom Wind durchblasen, und Jerzy redete. Letztlich war dies der Sport seiner Wahl.

Von Albert abgesehen hatten wir wenig Freunde, eher Bekannte, Arbeitsbeziehungen. Einen meiner ältesten Studienfreunde, Alain S., der Jerzy »unmöglich« fand, mied ich bewußt. Es war fast immer so, daß Jerzy andere Männer irritierte, im gleichen Maße, wie er freundliche Nachsicht bei den Frauen fand.

MITTLERWEILE WAR JERZY besessen vom Fall Christine T.; er bereitete die Verteidigung vor und besuchte seine Mandantin regelmäßig. Er beschrieb sie als eine gelassene Frau, die wie erleichtert sei durch ihre Tat, die außer in ihrem Schmerz keine weitere Rechtfertigung suche, die fügsam ihre Haft ertrage und sich weder von menschlicher Gerechtigkeit noch übrigens von derjenigen Gottes irgend etwas erhoffte. Von mir erwartete er, wenn er das Thema zur Sprache brachte, Einblicke in die Psychologie einer von Eifersucht zerfressenen Frau; ich sollte ihm helfen, die Art ihres Leidens zu verstehen. Er wollte wissen, inwieweit Demütigung und Verlust der Selbstachtung ausschlaggebend gewesen sein konnten.

»Was die Eifersucht angeht«, sagte ich ihm wiederholt, »lies einfach wieder mal Proust. Da steht alles drin.«

»Mag sein. Aber er ist ein Mann. Ich will mich in eine Frau hineinversetzen ... Proust hat niemanden umgebracht. Wie kann es mit einem Menschen so weit kommen, daß er den Gegenstand seiner Liebe beseitigt?«

»Sie ist nicht die erste, die so etwas getan hat.«

»Sie ist die erste in solchen Kreisen, mit einer solchen Erziehung. Man würde es besser verstehen, wenn sie ihre Rivalin umgebracht hätte, die, die ihr den Geliebten weggenommen hat.«

»O nein! Da täuschst du dich!«

»Wieso denn? Das mußt du mir erklären.«

Unermüdlich diskutierten wir über die unglückselige Christine T., um dem entscheidenden Argument für die Verteidigung auf die Spur zu kommen.

»Die Grausamkeit des Liebhabers, das ist der Punkt, wo du ansetzen mußt, da läßt sich etwas draus machen«, sagte ich. »Wenn sie eine Entschuldigung hat, dann diese. Sie liegt in seinem Verhalten.«

»Sie sagt: Er hat mich gekreuzigt ...«

»Siehst du! Da mußt du nachhaken ... Wie gekreuzigt? Vielleicht gibt es Zeugen ...?«

JERZY WAR MIT DEN ELTERN seiner Mandantin zusammengetroffen. Unmenschen. Steinreiche Familie aus dem Norden Frankreichs, überheblich,

Vater besonders arrogant, von eisiger Höflichkeit, Mutter untröstlich, immer wieder flehend, er möge doch auf Unzurechnungsfähigkeit plädieren, auf Geistesschwäche, wobei sie bemüht war, Beweise für die angebliche seelische Labilität ihrer Tochter zu liefern. »Sie war nie normal«, hatte die Mutter gesagt, »wer kann das besser beurteilen als ich?« Mit einer geistesgestörten Tochter würden sie sich zur Not abfinden – »wir bringen sie in einer privaten Anstalt unter« –, den Gedanken an eine Verbrecherin ertrugen sie nicht.

»Und dein Eindruck? . . . Ist sie wirklich gestört?«

»Mein Eindruck? Überhaupt nicht! Aber das ist so eine Sache mit den Eindrükken . . . Auf jeden Fall haben die hinzugezogenen Psychiater sich ganz eindeutig geäußert, obwohl die Eltern Druck ausgeübt und ein neues Gutachten gefordert haben. Sie sei uneingeschränkt verantwortlich für ihr Tun und lasse keinerlei Anzeichen von besonderer Labilität erkennen.«

»Wie willst du dann deine Verteidigung anlegen?«

»Ich weiß es noch nicht. Ich überlege noch.«

Also überlegten wir weiter.

Wir waren zusammen so glücklich, wie ein mit Existenzängsten belasteter Mann und eine verliebte Frau es nur sein können. Wann würde ich Jerzy verlieren? Denn es war klar, daß ich ihn verlieren würde, daß der vorerst kaum spürbare Altersunterschied unsere Beziehung irgendwann zerstören würde. Aber es war unnötig, jetzt schon daran zu denken, und ich tat es auch nur selten. Dann allerdings traf mich der Gedanke jäh. Vor allem, wenn ich Jerzy zusammen mit Kindern sah.

Manchmal trafen wir welche an den

Stränden, die wir entlangwanderten. Dann spielte er mit ihnen Ball. Ballspielen, das war seine Stärke. Er hatte viel auf der Straße herumgekickt, früher ... Die Kinder waren begeistert. Er hätte gern ein Kind gehabt, das war offensichtlich.

Nun denn, was kommen mußte, würde irgendwann kommen. Ich jedenfalls würde rechtzeitig aus seinem Leben verschwinden. Doch, dessen war ich mir sicher. An dem fernen Tag, an dem ich aufhören würde, erstes Objekt seiner Begierde zu sein, würde ich aus seinem Leben verschwinden.

Lachend sagte ich es ihm eines Tages: »Mit mir brauchst du nicht zu rechnen, ich schieße dir bestimmt keine Kugel in die Schläfe.«

»Oh, das weiß ich«, sagte er, »dafür liebst du mich nicht genug.«

Mir schien im Gegenteil, daß ich ihn immer mehr liebte.

Er war einverstanden gewesen, daß ich ihm zwei maßgeschneiderte Anzüge, ein paar gut geschnittene Hemden und ein paar Kleinigkeiten schenkte . . .
»Donnerwetter!« hatte Albert sich geäußert. »Du bist ihr anscheinend nicht ganz egal, deiner netten Freundin.«
Nein, er war mir nicht ganz egal. Ich war nicht gerade, was man reich nennt, aber ich verdiente nicht schlecht; meine Mutter hatte mir ein paar Wertpapiere, meine Wohnung, schöne Möbelstücke und ein Haus hinterlassen. Letzteres hatte ich verkauft. Ich verletzte niemand in seinen Rechten, wenn ich Jerzy, der es sich ohne Aufhebens gefallen ließ, manchmal verwöhnte. Diese Selbstverständlichkeit gefiel mir sehr an ihm.
Als ich ihm aber ein Auto schenken wollte, lehnte er unter dem Vorwand ab, er habe keine Verwendung dafür. Außerdem hatte er keinen Führerschein.

Für Jerzys dreiunddreißigsten Geburtstag hatte ich an eine kleine Feier gedacht. Zunächst wollte er nichts davon wissen.

»Dreiunddreißig«, sagte er, »in dem Alter sterben die sogenannten Frühvollendeten, du weißt schon: Jesus, Mozart ...«

»Mozart war fünfunddreißig ...«

»Meinst du? Na schön. Dann habe ich noch zwei Jahre vor mir.«

Aus irgendeinem Grund, vielleicht weil er seine Eltern so früh verloren hatte, redete sich Jerzy ein, er werde jung sterben; und bei jedem Anfall von Schwermut wartete er mir mit dieser Nummer auf. Anfangs hatte ich mir Sorgen gemacht, aber mit der Zeit war ich dagegen unempfindlich geworden. »Jung sterben« gehörte zum Repertoire seiner Phantasien.

»Bis es soweit ist«, antwortete ich ihm, »kannst du mir ja mal sagen, wen ich einladen soll.«

Er zählte ein paar Namen auf, Albert natürlich, V., meinen gequälten Autor, G., einen jungen Kollegen, mit dem er sich angefreundet hatte …

»Und Frauen? Ich will auch Frauen.«

»V. und G. werden ihre Partnerinnen mitbringen.«

»Sag doch nicht dieses scheußliche Wort Partnerin. Früher sprach man von der Geliebten, vom Liebhaber. Das war hübsch, das regte die Phantasie an, ›meine Geliebte‹ … Partnerin, Partner, das klingt so nach Geschäftsbeziehung.«

»Ist ja gut, mein geliebter Liebhaber. Ich werde auch eine Überraschung für dich haben.«

»Wen denn?«

»Iris.«

»Na, endlich!«

Iris ist meine Freundin aus ältesten Zeiten. Eigentlich die einzige, von der das Leben mich nicht getrennt hat. Rot wie das Feuer, schön wie ein Engel. Sie war das Licht meiner Mädchenjahre, mein unerreichbares Vorbild, damals, als wir gemeinsam eine katholische Privatschule besuchten, wo sie sich genug herausnahm, um für ständige Unruhe zu sorgen, während ich, ein braves Schäfchen, davor zitterte, meinem Vater von einer schlechten Note berichten zu müssen.

Iris erinnerte an eine Naturgewalt; sie war ungestüm, großherzig, sperrte sich gegen jede Disziplin, gegen alle Konventionen, gegen alles, was die Nonnen uns einzuschärfen versuchten. Genauso wie ich lieb und fügsam war, genauso setzte sie sämtlichen Dressurakten eine grandiose innere Gesundheit entgegen.

Man muß dazusagen, daß ihre Eltern eine

bedeutende Rolle in der Résistance gespielt hatten und daß sie sie letztlich nur nachahmte – auf ihrer Ebene.

Meine Mutter mißbilligte den Umgang mit Iris und versuchte, uns auseinanderzubringen. Aber eines Tages, als man mir verbieten wollte sie zu besuchen, erklärte ich, daß ich in diesem Falle krank werden und hoffentlich sterben würde. Und ich bekam prompt hohes Fieber. Meine Mutter geriet in Panik und gab nach. Ich war ziemlich stolz auf mich.

Unsere Freundschaft überdauerte auch die folgenden Jahre ohne jegliche Unterbrechung. Wir studierten dasselbe Fach, wir tanzten mit denselben jungen Männern auf denselben Bällen – ich zurückhaltend, Iris verwegen; wir hegten die gleichen romantischen Träume – eines Tages kommt der Märchenprinz! –, wir waren unzertrennlich.

Der Skandal kam in Gestalt eines Freundes von Iris' Eltern. Ein englischer Journalist, elegant, um die Vierzig ... und verheiratet. Er hatte Iris als Kind gekannt, er entdeckte sie als junge Frau neu und war hingerissen. Was sie betraf, so verfiel sie mit der ganzen Heftigkeit, zu der sie fähig war, der Gewißheit, daß es sich um den Mann ihres Lebens handelte, und wurde auf der Stelle seine Geliebte.

Ihre Eltern hatten für vieles Verständnis, aber nicht für alles. Ein verheirateter Mann! Und zwanzig Jahre älter als sie! Sie konnten es kaum glauben. Vorwürfe, Ermahnungen, flehentliches Bitten, nichts fruchtete. Iris zeigte sich unbeugsam.

Ihre Mutter bat mich, auf sie einzuwirken. Aber sie kannte unsere Beziehung schlecht: Der Einfluß war noch nie von meiner Seite gekommen. Außerdem war ich fasziniert von dieser Leidenschaft, die Iris und ihren schönen englischen Liebhaber dahintrug wie ein Gewittersturm.

Nach einer scharfen Auseinandersetzung mit Iris' Vater reiste Ronald nach London zurück. Alle glaubten, damit sei die Sache ausgestanden, nur ich nicht. Ich wußte: Iris war unzähmbar. Acht Tage später floh sie ihm nach, wie sie es verabredet hatten. Die Fortsetzung der Geschichte ist weniger romantisch. Der Vater entzog Iris jegliche finanzielle Unterstützung. Ronald bemühte sich ohne Erfolg um die Scheidung: seine Frau weigerte sich. So war das gemeinsame Leben in jeder Hinsicht überschattet, sie waren ein illegitimes Paar, ihre Umwelt reagierte feindlich, Geldprobleme kamen hinzu... Natürlich kehrte Ronald am Ende zu seiner Frau zurück. Klassischer Ausgang einer solchen Affäre. Die Eltern wollten die verlorene Tochter mit offenen Armen empfangen, aber Iris nahm das Angebot nicht an. Sie war und sie blieb in London und verdiente auf alle mögliche Weise ihren Lebensunterhalt. Sie wurde sogar Fotomodell. Ein bekannter Londoner Antiquitätenhändler sah sie in der Zeitschrift *Vogue*. Er verliebte sich Hals über Kopf in sie. Einige Jahre lebte sie mit ihm zusammen. Dann starb er und hinterließ ihr sein Geschäft. Sie heiratete nie. Dafür adoptierte sie zwei farbige Kinder, die einiges Aufsehen erregten, als sie sie nach Lyon zu ihren Eltern brachte, damit diese sie kennenlernten.

In all den Jahren trafen wir uns regelmäßig, in Paris, wenn sie hier zu tun hatte, in London, wenn ich hinfuhr. Als ich Pierre verließ, schickte sie mir ein Glückwunschtelegramm. Gratuliert hat mir außer ihr niemand! In der anschließenden Zeit, als ich mich von der bürgerlichen Bravheit emanzipierte, las sie mir immer wieder die Leviten.

»Frauen sind nicht dazu geschaffen, Männer zu sammeln«, pflegte sie zu sagen, »das macht sie nur unglücklich.«

Und sie fand sehr bissige Worte für meine wechselnden Partner, wenn ich schwach genug gewesen war, sie ihr vorzuführen.
So war Iris.
Sie war für kurze Zeit in Paris, wegen einer wichtigen Möbelauktion. Ich konnte es kaum erwarten, ihr Jerzy vorzustellen.

AM ABEND unserer kleinen Einladung gab sie sich zunächst kühl wie Marmor. Meine männlichen Gäste bedachte sie mit ihrem Charme, sie leerte Glas um Glas mit Albert, beglückwünschte den hocherfreuten V. zu seinem letzten Buch, hörte G., einem ausufernden Plauderer, aufmerksam zu, blieb aber Jerzy gegenüber auf Distanz.
Nervös beobachtete ich die beiden. Auch er wahrte Distanz, gab sich sehr förmlich,

reservierte seine Aufmerksamkeit den beiden jüngeren Frauen. Und dann plötzlich sprang der Funke, auf den ich wartete, doch noch über. Anlaß war ein Film von Godard, ich weiß es noch. Jerzy war begeistert, Iris ebenfalls, die anderen wiederholten nur: »Ich habe absolut nichts verstanden ...«

Daraufhin zog Jerzy eine seiner berühmten Nummern ab, die ihm so leicht keiner nachmachte. Jetzt galt sie Iris. Aber auch Isabelle, meine Sekretärin, hatte er um den Finger gewickelt, genauso wie meine Haushaltshilfe Adèle, die ihm alles nachsah, egal in welchem Zustand er das Badezimmer hinterließ.

Ein halbe Stunde lang hielt er Iris in seinem Bann, brachte sie zum Lachen, rührte ihr Herz, appellierte an ihr Mitleid mit Godard, dem großen Unverstandenen, und nicht zuletzt mit dem armen Jerzy, der ein ähnliches Schicksal zu erdulden

hatte. Sie war gefesselt. Albert jubilierte sichtlich. V. kämpfte verärgert gegen das eigene Vergnügen an.
Als Jerzy endlich das Wort an G. abtrat, der nun seinerseits zum großen Plädoyer ausholte, diesmal natürlich gegen Godard, wußte ich, daß er Iris' Herz erobert hatte. Bevor sie ging, sagte sie zu mir: »Der gefällt mir, den solltest du behalten ... Außerdem braucht er dich.«
Die beiden nahmen innigen Abschied voneinander, schworen, sich bald wiederzusehen, da sie sich noch tausend Dinge zu erzählen hätten. Wäre ich eifersüchtig gewesen, ich hätte gedacht, daß sie es wahrhaftig übertrieben. Aber ich bin nicht eifersüchtig.

RASEND SCHNELL waren die Monate vergangen, als es eines Abends, kurz vor dem Essen, an meiner Wohnungstür klingelte. Übliche Schreckreaktion bei Jerzy. Ich beruhigte ihn.

Als sich ein Schlüssel im Schloß drehte, wurde er bleich.

Es war Pierre. Groß und breitschultrig wie früher stand er da.

Er entschuldigte sich mehrfach für sein Eindringen, erklärte, er sei kurz in Paris und müsse mich sprechen, habe mich telefonisch aber nicht erreicht und sich deswegen für die zugegeben etwas hemdsärmelige Methode entschieden, mich auch sicher zu Hause anzutreffen.

»Etwas hemdsärmelig in der Tat, aber nun ja . . ., was gibt es denn?«

Wir standen alle drei mitten im Zimmer. Jerzy war wieder ganz ruhig. Pierre sah ihn an.

»Sie sind also Jerzy!« sagte er.

»Ganz recht, Sie haben's erkannt! Und Sie sind Pierre, nehme ich an.«

»Absolut«, antwortete Pierre, der keine Gelegenheit ausließ, ein Adverb anzubringen. »Absolut. Darf man sich eventuell setzen? Wenn du mir etwas zu trinken anbötest, wäre das sehr nett.«

»Ich lasse euch am besten allein«, sagte Jerzy. Ich begleitete ihn zur Tür.

»Komm wieder«, sagte ich zu ihm, »komm in einer halben Stunde wieder. Bis dahin bin ich ihn los.«

»Gut erzogen, der junge Mann«, sagte Pierre, »gut erzogen. Hätte ich gar nicht erwartet.«

»Und was hast du erwartet?«

»Das werde ich dir jetzt gleich sagen. Deswegen bin ich hier. Es spricht sich herum, daß du verrückt geworden bist. Hast du dich tatsächlich in diesen Jüngling verknallt? Und hältst ihn auch noch aus? Du hast wohl den Verstand verloren, oder was ist los?«

Das war es also.

Wie konnte er sich so lächerlich aufführen, ohne selbst zu lachen? Dieser Mann, von dem ich geschieden war, dieser Fremde, der selbst ein total ausschweifendes Leben führte, wie es Fünfzigjährigen so gerne passiert, wenn der Appetit auf junge Mädchen wächst, er kam, um mir Anstandsunterricht zu erteilen? Und mit welchem Recht?

»Du warst meine Frau. Jawohl! Du hast meinen Namen getragen. Das darfst du nicht vergessen.«

Genau das war es: Ich hatte es vergessen und fühlte mich durchaus wohl dabei. Diese Szene war grotesk. War ihm das denn gar nicht bewußt?

Ich brauchte eine gewisse Zeit, bis ich die eigentlichen Gründe verstand. Pierres Einsamkeit bei unvermindertem beruflichem Erfolg, die vage, in letzter Zeit stärker gehegte Hoffnung, wir könnten es noch einmal miteinander versuchen ... Als er anfing, von den schönen Zeiten von damals zu sprechen, wurde mir fast übel. Gewiß, diese Vergangenheit hatte nicht nur aus Ehekrächen und blinder Wut bestanden, durchaus nicht. Ich hatte ihn geliebt, diesen Pierre, geliebt mit allen Fasern meines Körpers, Pierre, mit seinen großen, behenden Chirurgenhänden, seiner Rugbyspielerfigur, seinen Prinzipien, seinen Adverbien und seiner Sorge um die bürgerliche Reputation. Aber die weibliche Psychologie war seine Sache nicht. Wußte er wirklich nicht, daß eine Frau, die zu lieben aufgehört hat, das ehemalige Objekt ihrer Liebe schlicht und einfach aus ihrem Gedächtnis löscht? Daß sie diese Liebe für null und nichtig erklärt? Nun, dann würde ich ihm das jetzt beibringen. Das Hindernis für ein erneutes Zueinanderfinden war nicht Jerzy, es war meine Gleichgültigkeit. Eine steinerne Gleichgültigkeit.

Ich war grausam, und ich bereute es gleich darauf. Pierre verdiente keine Verachtung, er war nur einfältig.

Als ich ihm eine ausreichende Zahl von Wahrheiten ins Gesicht geschleudert hatte, sagte er nur: »O.K. Ich habe mich getäuscht.«

Und er erhob sich schwerfällig.

»Aber ich bleibe dabei: Was diesen Knaben anbelangt, so bist du völlig verrückt ...«

»Mag sein.«

»Denk wenigstens an deinen Vater. Wenn er das jemals erfährt ...«

Als er im Begriff war zu gehen, sagte ich mit Bestimmtheit: »Den Schlüssel ... Gib mir den Schlüssel zurück.«

Er fügte sich. Und machte auf dem Absatz kehrt.

IN JENER NACHT verunglückte Pierre tödlich auf der Rückfahrt nach Lyon. Er hatte viel getrunken.

»Siehst du, du kannst töten!« sagte Jerzy zu mir.

Das war seine ganze Totenrede.

Anstandshalber fuhr ich zur Beerdigung. Meine vollzählig versammelte Ex-Schwiegerfamilie – die Frauen trugen Hut mit schwarzem Schleier – grüßte mich kühl. In der Kirche – es war die, in der ich geheiratet hatte – wies man mir einen Platz ganz hinten in der letzten Reihe an. Das Gemurmel und Getuschel war nicht schwer zu deuten. Mein schlechter Ruf war über die Grenzen der Hauptstadt hinaus gedrungen.

Ich beschloß, meinen Vater zu besuchen; ich fürchtete, daß er durch die schlechte Nachricht schon aufgeschreckt worden war.

ER WAR ein sehr alter Mann mittlerweile. Aber er hielt sich weiterhin betont aufrecht in der Wohnung, in der er immer gewohnt hatte, inmitten seiner Bücher.

Als er mich sah, traten ihm Tränen in die Augen, und wie immer in seiner Gegenwart kamen mir Schuldgefühle.

Wir hatten einander nie viel zu sagen gehabt. Er befahl, ich gehorchte; er hatte mir immer nur harmlose Verfehlungen vorzuwerfen gehabt und sie gleichwohl hart geahndet. Bis zu dem Tag, an dem ich beschlossen hatte, mich scheiden zu lassen. Sein starres, ungläubiges Staunen ... Wäre meine Mutter nicht gewesen, ich glaube, er hätte mir die Tür gewiesen.

Gewiß billigte auch sie mein Verhalten nicht, aber sie brachte Verständnis auf, und das sagte alles über die Tyrannei, die sie selbst weit über dreißig Jahre lang erduldet hatte. »Weißt du, glückliche

Frauen gibt es nicht ... Das ist nicht unser Los«, sagte sie.
Plötzlich handelte es sich nicht mehr um meine Eltern, sondern um ein Ehepaar, das ich wie Fremde betrachtete und dessen wahre Beziehung ich durchschaute.
So lange mein Vater nicht zugegen war, zeigte sie sich gütig, nachsichtig; sie bat nur flehentlich, ich solle an mich, an meinen Schutz denken ... Eine alleinstehende Frau, welch grauenvolle Vorstellung! Unter dem Beruf, den ich ausübte, konnte sie sich nicht viel vorstellen.
»Ach so, du beschäftigst dich mit Büchern ...«
Bücher, das beruhigte sie. Das war eine saubere Tätigkeit.
Mit meinem Vater war nicht zu reden. Man läßt sich nicht scheiden, Schluß, aus. Er glaubte, mich noch beeindrucken zu können wie früher, wenn er sagte: »Das tut man nicht, Schluß, aus.« Aber ich war

eine andere geworden, ich war endgültig erwachsen, ich war ihm entschlüpft; er spürte es, und es erfüllte ihn mit Zorn.
An jenem Tag sind wir im Unfrieden auseinandergegangen. Danach hatte ich ihn nicht wiedergesehen, außer kurz beim Begräbnis meiner Mutter, und jetzt stand ich ihm gegenüber, dem zerbrechlichen, fast durchsichtigen Greis. So alt war er, so alt ...
Einen Augenblick lang war ich erschüttert.
»Du kommst mich besuchen. Wozu?«
»Nur so. Um dir guten Tag zu sagen. Damit du weißt, daß es mir gutgeht und daß ich oft an dich denke ...«
»Mein kleines Mädchen ...«
So hatte er mich nie genannt. Da begriff ich, daß er am Ende seines Lebens angelangt war. Er fing an, die Zeit meiner Kindheit heraufzubeschwören: »Erinnerst du dich an deinen zehnten Geburts-

tag ... Und an den Hund, den du so sehr gemocht hast, und ich habe dir verboten, ihn zu behalten ...« Und weitere Episoden dieser Art.

Ganz offenkundig wußte er nichts von meinem Leben in Paris, er lebte in der Vergangenheit.

Ich blieb eine Stunde bei ihm, und dann verließ ich ihn mit dem Gedanken, daß ich ihn nicht wiedersehen, daß er wie eine verbrauchte Kerze erlöschen würde – und daß er trotz allem mein Vater war ...

Als ich aufstand, um mich zu verabschieden, fragte er: »Wirst du wiederkommen?«

Ich versprach es. Am Tag darauf ist er gestorben.

Als ich Jerzy von dem Besuch erzählte, sagte er: »Du bist einfach zu normal für mich.«

»Was soll das heißen, normal?«

»Ein Vater, eine Mutter, ein Grab, worin sie liegen ... Ein Ort, wo du hingehen und an sie denken kannst ... Bei mir ist alles, was mir von meinen Eltern übrigbleibt, dieses flüchtige, durch ein Schlüsselloch erspähte Bild ... Ich besitze nicht einmal ein Foto ... Ich bin der Sohn von niemandem, verstehst du das? Von Gespenstern ...«

Aber er fing sich, mehr oder weniger überzeugend: »Und der Gipfel ist, daß du erben wirst! Ich steige ins Bett mit einer Erbin!«

Sein Verhältnis zum Geld war ziemlich komplex. Die großen Vermögen faszinierten ihn, als wären sie irgendwie aristokratisch legitimiert. Die kleinen waren ihm ein Dorn im Auge – sie waren Ausdruck der verabscheuten bürgerlichen Gesellschaftsordnung. Am liebsten war ihm das Taschengeld, das Geld, das man in die Westentasche steckt, ohne auf die Summe zu achten, und das einem dann unter den Händen zerrinnt.

DAS FRANKREICH des Jahres 1974, das wir inzwischen schrieben, befand sich mitten im Wahlkampf, Valéry Giscard d'Estaing gegen Mitterrand, und Jerzys schroffe Voreingenommenheit verhinderte jede Diskussion über dieses Thema.

Ich war kein politisch denkender Mensch. Bisher hatte ich stets gewählt wie mein Vater, wie mein Mann, aus Trägheit, eher denn aus Überzeugung. Nun nahm Jerzy meine politische Erziehung in die Hand.

Er sagte: »Schon im Bauch meiner Mut-

ter war ich links. Aber du, mein Kind, du hast noch einen langen Weg vor dir ...«
Ich verstand, was er sagen wollte; ich kannte die Gründe für seine besondere Sensibilität. Vor allem aber haßte ich den Dünkel, die hohle Angepaßtheit, die Herzenskälte, die ich in meinem Milieu erlebt hatte. Ich legte den Weg ohne Schwierigkeiten zurück. Giscard, Mitterrand, das war mir im Grunde fast gleichgültig. Ich gehörte zu Jerzys Partei. Auch wenn mir seine Darstellung der Rechten und der Linken manchmal etwas schwarzweißmalerisch vorkam, lieber irrte ich mich mit ihm als gegen ihn.
Nach dem Tod meines Vaters mußte ich ein paar Tage in Lyon verbringen, um eine Reihe von materiellen Problemen zu regeln. Als ich nach Hause kam, sagte Jerzy: »Ich muß dich warnen, das nächste Mal, wenn du mich einfach so verläßt, findest du mich nicht wieder.«

»Und wo bist du dann?«
»Bei einer Blondine.«
»Warum bei einer Blondine?«
»Zur Abwechslung.«
»Du hast Lust auf Abwechslung?«
»Nein. Und du?«
»Noch nicht.«
»Dann machen wir weiter.«
»Wir machen weiter.«
Und wir machten weiter.

DANN KAM DAS DINER bei Mollard, Jerzys Arbeitgeber.

Großes Zeremoniell, Kristall, Silber, zehn handverlesene Gäste, die Frauen in entsprechender Garderobe, eine oder zwei darunter sogar hübsch, die Männer im tadellosen Abenddreß, die Bilder an der Wand gediegen – Mollard vertrat einen prominenten Maler –, das

Dienstpersonal versiert, die Küche raffiniert, die Weine exquisit ...
Mollard gab viele Einladungen und schmeichelte sich, die Creme der Pariser Gesellschaft an seiner Tafel zu versammeln, wobei stets ein oder zwei Künstler die Würze abzugeben hatten. Aber nicht irgendwelche Künstler. Spitzenvertreter ihrer Zunft mußten sie schon sein; möglichst solche mit dem Bändchen der Ehrenlegion, man kann ja nie wissen ...
An diesem Abend beherrschten ein Zeitungsherausgeber, ein Kunsthändler und ein Medizinprofessor das Tischgespräch. Sie taten es mit jener typisch pariserischen Verve, die sich darin äußert, daß man auf Kosten Nichtanwesender kleine Bosheiten aneinanderreiht.
Wir waren noch nie zu einem dieser Diners eingeladen worden; ich hatte das Gefühl, daß Mollard vor allem mich kennenlernen wollte, und deshalb hatte ich

mich mit besonderer Sorgfalt herausgeputzt. Kleines Schwarzes, wie immer – Eleganz ist nun einmal schwarz –, schwindelerregendes Dekolleté, ein einziges, dezentes Schmuckstück. Ich fühlte mich in allerbester Form. Jerzy hingegen war nervös. Aber die Worte, mit denen Mollard ihn seinen Gästen vorstellte, beruhigten ihn wieder: »Mein wichtigster Mitarbeiter ... Jemand, von dem Sie noch hören werden ... Er ist es, der Christine T. verteidigen wird ...«

Sogleich bestürmten ihn die Frauen; sie waren fasziniert von der Geschichte der Mörderin aus Liebe.

Madame Mollard, eine ehemals schöne Blondine, die von ihrem Couturier wie ein Louis-XV.-Sessel reichlich mit Brokat ausstaffiert worden war, hatte Christine T. früher gekannt; nun gurrte sie seufzend: »Das arme Kind ...« Die anderen Frauen sahen sich sämtlich im Geist als die

Heldin der Tragödie und erschauerten ... Jerzy schlug sie unverzüglich in seinen Bann. Bei Tisch saßen wir weit auseinander, aber bald sah ich, daß die Mehrzahl der Gäste nur noch ihm zuhörte.
Ich selbst debattierte tapfer mit meinem Nachbarn zur Linken, dem Mediziner, der einen Kalauer nach dem anderen produzierte und mich wissen ließ: »Ich bin wie Cottard, ich bin der Cottard von Mollard ... Ha, ha, ha. Sie kennen doch den Doktor Cottard, Madame? Proust, ha, ha!«, während mein Nachbar zur Rechten mich gleichzeitig mit seiner Chinareise unterhielt.
Mollard streute gekonnt ein paar von jenen umwerfenden Anekdoten aus dem Standardrepertoire aller Anwälte, und alles lief bestens beim Besten aller Diners.
Beim Kaffee ging die Unterhaltung in allgemeiner Runde weiter, und noch einmal kam Christine T. aufs Tapet.

»Wie sieht sie denn aus inzwischen, die Arme?« fragte Madame Mollard. »Sehr mitgenommen? Sie war einmal so schön!«

»Sie ist es immer noch«, sagte Jerzy. »Ich würde sogar sagen, sie ist geradezu überwältigend.«

»Natürlich werden Sie auf Unzurechnungsfähigkeit plädieren«, sagte Mollard. »Und das kriegen Sie auch durch, da vertraue ich Ihnen voll und ganz.«

»Nein«, sagte Jerzy. »Ich will einen Freispruch.«

Mollard hob es fast vom Sessel.

»Darüber sprechen wir noch«, sagte er kühl. »Darüber sprechen wir noch.«

Und zu mir gewandt fügte er in väterlichem Ton hinzu: »Ach! Diese jungen Leute, sie überschätzen sich doch immer!«

Blieb nur noch das Thema Wahlen abzuhandeln. Ich nahm Jerzys Hand und beschwor ihn leise, den Mund zu halten. Wozu diese ganze Gesellschaft, für die Mitterrand offenkundig der Satan war, gegen sich aufbringen? Er gehorchte.

ES WURDE ZEIT ZUM AUFBRUCH. Mollard nahm mich kurz beiseite: »Jerzy hat Glück, daß er Ihnen begegnet ist. Sie haben ihn verwandelt.«

Ich dankte ihm.

»Aber dämpfen Sie seinen Übermut, wenn Ihnen das möglich ist. Er ist mir eine Spur zu selbstsicher.«

»Selbstzweifel sind seine Stärke nicht«, erwiderte ich lachend. »Aber muß ein guter Anwalt nicht so sein?«

Jetzt lachte auch er.

Ich sah zu meiner Verblüffung, daß Jerzy sich von den Damen mit Handkuß verabschiedete. Sie hatten ihn gezähmt, meinen kleinen Bürgerschreck.

Ich konnte es kaum abwarten, die Szene Albert zu erzählen; gemeinsam würden wir uns über den Salonlöwen Jerzy lustig machen.

Ich mußte mir jedoch eingestehen, daß ich von dem ganzen Diner vor allem einen Satz im Gedächtnis behielt: »Sie ist geradezu überwältigend.« Einschließlich des Tons, in dem Jerzy ihn ausgesprochen hatte.

An jenem Abend – Jerzy wohnte inzwischen bei mir – entzog ich mich seiner Umarmung.

»Was hast du denn?« fragte er. »Du warst heute abend so schön ...«

Beinahe hätte ich erwidert: »War ich denn auch überwältigend?«

Aber der Satz blieb mir in der Kehle stekken. Ich sagte lediglich: »Laß mich. Ich bin müde.«

Er stutzte und sah mich fragend an. Dann löschte er das Licht.

Ich lag lange wach im blauen Dämmerschein.

Die Weihnachtspause rückte näher. Ich überlegte, was ich Jerzy schenken könnte. Er sagte: »Eine Reise. Ich hätte Lust auf eine große Reise.«

»Also fahren wir. Und wohin?«

Er war nie aus Frankreich herausgekommen. Folglich hatten wir die Qual der Wahl.

An einem der nächsten Abende kam er mit einer Weltkarte, breitete sie aus und fing an zu träumen.

Mit Pierre war ich früher sehr viel gereist, von Kongreß zu Kongreß, und nun versuchte ich, Jerzys Träumen eine Richtung

zu geben. Amerika? Amerika mußt du unbedingt kennenlernen. Nein. Indien? Macht mir angst. Japan? Zu viele Japaner. Australien? Liegt zu weit weg. China? Zu groß. Mexiko? ... Hmm ... Mexiko vielleicht. Griechenland? Ist nicht die richtige Jahreszeit ... Dorthin fahren wir im Sommer. Venedig? Voll mit Touristen ... Es war unmöglich, ihm eine Entscheidung abzuringen. Er wollte überall und nirgends hinfahren.
Nachdem er in seiner Phantasie einmal rund um die Welt gereist war, sagte ich schließlich: »Ich kann dir doch nicht die Schweiz vorschlagen!«
»Warum nicht? Die Schweiz ist schön. Die Schweiz ist blitzblank und sauber, und: dort gibt es Schokolade ...«
»Aber du läufst doch nicht Ski!«
»Dann lern' ich es halt.«
Und so landeten wir in Gstaad. Es war schön, es war sogar wunderschön, es war

blitzblank und sauber, und – es gab Schokolade. Es gab auch entzückende Skifahrerinnen, die Jerzy ungeniert musterte. Außerdem gab es da den Skilehrer, und mit ihm begann das Martyrium. Nicht daß Jerzy tolpatschig gewesen wäre, im Gegenteil, aber gute körperliche Anlagen allein reichen zum Skifahren eben nicht aus. Hundertmal sah ich ihn fallen, wiederaufstehen, fallen, wiederaufstehen. Er biß die Zähne zusammen, war mit hartnäckigem Eifer bei der Sache, brachte erschöpft seine Stunde zu Ende. Armer, geschundener Jerzy.

Es tat mir leid, daß ich ihn in dieses mißliche Abenteuer hineingezogen hatte, aber von ihm kam nicht der leiseste Vorwurf. Er las viel, saß genüßlich in der Sonne, spielte mit den Kindern und war fasziniert, wie selbstverständlich sie sich auf der Piste bewegten.

»Du stellst sie auf Skier, und sie fliegen

regelrecht davon! Du stellst mich auf Skier, und ich falle auf die Schnauze. Das ist ungerecht!«

»Nichts ist gerecht, Jerzy.«

Immerhin, er hatte kleine Fortschritte gemacht, und er schwor, er habe Gefallen an diesem Sport gefunden.

Mir schien, daß er zum erstenmal bereit gewesen war, sich aus seiner Welt, der Welt eines mittellos aufgewachsenen Kindes, zu lösen.

Wir rüsteten uns bereits für die Heimfahrt, als uns ein Telegramm erreichte. Es kam von Albert: Mamette, Jerzys Adoptivmutter, hatte sich den Oberschenkelhals gebrochen.

Sofort schwebte er in tausend Ängsten. Das gebrochene Bein wurde ihm zum stummen Vorwurf, so als hätte Mamette an seiner Stelle etwas auf sich genommen, auch jetzt wieder.

Ich kannte Mamette nicht oder doch kaum. Einmal, ein einziges Mal, hatte er mich zu ihr mitgenommen, und in einer ärmlichen Wohnung hatte ich eine alte, abgearbeitete Frau mit sanftem Gesicht erblickt, die ihn andächtig betrachtete.

Sie hatte mir Fotos gezeigt, Jerzy inmitten seiner Schulklasse, Jerzy als Erstkommunikant, Jerzy in seiner Anwaltsrobe ...

»Wegen seiner Mutter habe ich einen kleinen Christen aus ihm gemacht, aber er hat mir das später vorgeworfen. Ach ja! Einfach ist er nicht, Sie werden schon sehen ... Und hier hat er geschlafen, in einem Klappbett. Das wurde morgens

weggeräumt, damit ich meine Kundinnen empfangen konnte ... Da, an diesem Tisch hat er seine Hausaufgaben gemacht ... Das Surren meiner Nähmaschine störte ihn ... Aber anders ging's halt nicht, es mußte eben sein, nicht wahr?
Fünfzehn Jahre lang ist er mir nicht von der Seite gewichen. Er ist nicht mal aus dem Viertel rausgegangen, außer vielleicht einmal an Weihnachten, da ging er in den Zirkus ... Seine Freunde, das waren die Kinder von der Straße hier ... Albert zum Beispiel ... Eine richtige Rasselbande. Als er sich dann die Diphtherie geholt hat, habe ich geglaubt, jetzt stirbt er mir weg ... Ich war gar nicht mehr bei mir ... Aber wir haben ihn gerettet. Nachher ist er plötzlich wie ein Spargel hochgeschossen ... Aber ich langweile Sie mit meinen Geschichten.«
»Verzeih mir«, hatte Jerzy nach dem Auf-

bruch gesagt. »Sie ist dir sicher auf den Geist gegangen. Aber sie wollte dich sehen. Albert hatte ihr von dir erzählt.« Albert besuchte sie regelmäßig.

ICH SCHLUG VOR, für Mamette eine angenehmere Wohnung in einem besseren Viertel zu suchen.

»Wenn sie umzieht, stirbt sie«, sagte Jerzy. »Sie wohnt da seit vierzig Jahren. Das ist ihre Heimat.«

»Wir könnten ihr wenigstens einen Telefonanschluß legen lassen ...«

Das Telefon hatte sie angenommen, aber sie benutzte es nie, um selbst anzurufen.

ALBERT HATTE SIE mit ihrem gebrochenen Oberschenkel ins Krankenhaus bringen lassen. Ich hatte in Medizinerkreisen noch ein paar Verbindungen, und ich veranlaßte das Notwendige, um ihr eine optimale Behandlung unter bestmöglichen Bedingungen zu verschaffen; danach besorgte ich ihr eine Pflegerin für die Zeit, bis sie ihr Bein wieder richtig gebrauchen konnte. Aber sie schickte sie nach kürzester Zeit wieder weg. Es war mit ihr nicht zu reden; sie geriet in Panik beim Gedanken daran, »was das alles kosten wird, wo Jerzy doch wirklich nicht reich ist, wissen Sie; er sagt's Ihnen nicht, aus Stolz, aber er hat nicht viel Geld ...« Endlich kam alles wieder in Ordnung. Nur daß Mamette jetzt täglich zum Hörer griff, um zu berichten, wie es ihr ging. Jerzys Besorgnis hatte sich gelegt. Nun konnte er sich wieder auf seine berühmtberüchtigte Akte konzentrieren.

Ich für meinen Teil machte mir erhebliche Sorgen um Albert. Er lebte mehr oder weniger zusammen mit einer ganz netten Frau, die älter war als er und die seine Säuferlaunen schicksalsergeben hinnahm. Jerzy kannte sie, aber Albert zeigte sich nie mit ihr. Eines Tages hatte ich sie zusammen auf der Straße erblickt, aber er hatte getan, als sähe er mich nicht. Wenn man ihren Namen – sie hieß Mado – aussprach, sagte er: »Ich kenne keine Mado.« Aber ich wußte, daß er nachts, wenn er schwer betrunken sein Lokal verließ, bei ihr Zuflucht suchte.

Nun, eines Abends, kam Albert zwischen zwei Klaviernummern auf den zweifelhaften Einfall, sich vor einem Gast, einer jungen Frau, niederzuknien, ihr eine der eleganten Stiefeletten auszuziehen, diese mit Champagner zu füllen und laut grölend auszutrinken: »À la russe! À la russe! Ich liege ihnen zu Füßen, holde Schöne!«

Sie selbst nahm es mit Humor und lachte, aber ihr Begleiter, der auch schon einiges getrunken hatte, geriet außer sich vor Wut. Er forderte, daß Albert auf der Stelle des Lokals verwiesen würde. Er war ein regelmäßiger Gast, ein guter Kunde, der eine Menge Geld daließ. Der Besitzer zischte Albert zu: »Hau ab ... Und kreuz' hier nicht eh' wieder auf, bevor du eine Entziehungskur hinter dir hast ... Los, hau ab, raus mit dir!«

Es ist gerade erst Mitternacht. Ein schwerverstörter Albert läuft zu Mado. Vor drei Uhr morgens ist er, wenn er überhaupt kam, nie zu ihr heimgekommen. Er findet die Wohnung leer.

Da beginnt er systematisch alles, was ihm unter die Finger kommt, zu zertrümmern. Sämtliche Nippes, das Geschirr, die Lampen ... Mit der Schere zerschneidet er Kleidungsstücke und Laken. Dann fällt er bewußtlos aufs Bett.

Als Mado in die verwüstete Wohnung zurückkommt, ist für sie die Grenze des Zumutbaren überschritten. Auf jahrelange Geduld und Liebe folgt ein Nervenzusammenbruch; erstmals beschimpft sie Albert, er solle gehen und sich nie wieder blicken lassen.

Da er nicht gleich reagiert, drängt sie ihn zur Tür hinaus, wirft ihn buchstäblich die Treppe hinunter. Der Sturz macht ihn wieder nüchtern. Verzweifelt und beschämt klammert er sich an seinen Rettungsanker: Jerzy.

Und so tauchte er spät in der Nacht bei uns auf, bat mit hohlem Blick um Asyl.

Es dauerte mehrere Stunden, dann erst hatte Jerzy ihm einen einigermaßen zusammenhängenden Bericht entlockt. Danach sackte Albert in sich zusammen.

Ich wollte Mado aufsuchen.

»Misch dich da nicht ein«, sagte Jerzy, »das erträgt er bestimmt nicht.«

»Aber warum denn nicht?«

»Sie ist eine ehemalige Prostituierte.«

»Na und?«

»Und? Er schämt sich für sie.«

»Für sich selbst sollte er sich schämen ... Diese Frau ist eine Heilige!«

Ich eilte zu Mado. Ihr Zorn war verraucht, dicke Kindertränen kullerten ihr über die immer noch schönen Wangen, sie war demütig und rührend. Ich hatte befürchtet, sie würde mir die Tür weisen, aber in tiefer Verzweiflung rief sie nach Albert, ihrem geliebten Trunkenbold, und klagte sich selbst an: Alles sei nur ihre Schuld, sie habe ihn alleingelassen, und Gott weiß, was er sich eingebildet habe, als er sie nicht im Nest vorfand ... Oh, er soll zurückkommen, nur zurückkommen soll er ...

Das härteste Stück Arbeit lag noch vor uns: Der Besitzer des Nachtlokals mußte davon überzeugt werden, daß Albert unersetzlich war. Gewiß gab es noch andere Etablissements in Paris, wo er sich hätte verdingen können. Aber zu Hause war er hier, hier wollte er wieder unterkriechen.

»Ich mag ihn ja sehr, diesen verrückten Kerl«, sagte der Besitzer, »und meine Gäste mögen ihn auch. Aber da ist er einfach zu weit gegangen ...«

Jerzy übernahm Alberts Verteidigung, davon verstand er schließlich eine Menge. Er erreichte die Begnadigung, unter der Bedingung, daß Albert die Entziehungskur wirklich antrat.

Albert versprach alles, was man von ihm verlangte.

Und kehrte zu seinem Job zurück.

Er stieg auf Mineralwasser um. Einige Tage lang blieb er ganz brav. Und dann sagte er: »Ich geh' vor die Hunde ...«

Und sachte fing er wieder an. Ich machte mich auf den Weg zu Mado. Sie sagte nur:

»Lassen Sie ihn in Ruhe, er braucht keine barmherzige Schwester . . .« Vielleicht war es dumm, aber das hat mich gekränkt.

WIESO UND WELCHEM inneren Drang gehorchend ich mich eines Tages in der Zeitschriftenabteilung der Nationalbibliothek wiederfand – ich weiß es nicht.

Ich bestellte den gesamten Jahrgang 72 von *Paris Match,* und ziemlich rasch fand ich, was ich suchte. Das Foto der »überwältigenden« Frau. Das Foto von Christine T.

Als die Tragödie sich ereignete, hatte die Illustrierte der Täterin mehrere Seiten gewidmet. Auf den Fotos sah man sie beim Spiel mit ihrem Hund, zu Pferd bei einem Reitturnier, im Abendkleid bei einem Empfang im Elysée-Palast.

Sie war schön, kein Zweifel, aber banal, dachte ich mir, banal. Eine hübsche Luxusfrau, wie sie in einem bestimmten Milieu dutzendweise zu finden sind.

»Überwältigend« hatte er gesagt? Eine Redensart, kein bewußt gewähltes Wort! Was hatte ich mir denn vorgestellt?

Wütend auf mich selbst, wild entschlossen, mir den vergifteten Dorn aus dem Herzen zu reißen, fuhr ich nach Hause. Ich mußte mit Jerzy darüber reden.

An diesem Abend kam er müde aus Grenoble zurück, wo er in einer unbedeutenden Sache vor Gericht aufgetreten war. Ich fand ihn traurig und besorgt.

»Ärger?«

»Nein. Kleinkram. Nichts.«

»Wie wär's mit Kino? Es läuft ein guter amerikanischer Film ...«

»Wenn du meinst.«

Leider war es ein Eifersuchtsdrama. Jerzy neckte mich, sprach von meinem sechsten Sinn für das Thema. Ob ich denn nichts anderes zu seiner Zerstreuung hätte finden können?

Beim Essen in der Brasserie Lipp ging ich zum Angriff über.

»Stell dir vor, heute habe ich Fotos von Christine T. gesehen.«

»Wo das? Interessiert mich.«

»In einer alten Nummer von *Paris Match*.«

»Ach so, ja, die Fotos kenne ich.«

»Sie ist ... Sie hat Format!«

»Aha? Ich weiß nicht recht.«

»Du siehst sie doch jeden Tag oder fast ...«

»Ach, weißt du, Format im Gefängnis, das ist so eine Sache ...«

Er war bereits bei dem Nachtisch angelangt und kämpfte gerade mit einem üppigen Mille-feuilles.

»Hör zu, Jerzy ... du mußt mir von ihr erzählen.«

»Tu' ich doch die ganze Zeit, mein Liebling.«

»Nein, ich meine es anders mit dem Erzählen. Sie ist für mich jemand geworden, der dauernd zwischen uns steht, und gleichzeitig entgleitet sie mir vollständig. Auf diesen Fotos habe ich sie unsympathisch gefunden ... ein Typ Frau, den ich verabscheue ...«

»Das liegt am Stil dieser Illustriertenfotos ...«

»Du mußt sie mir sympathisch machen, Jerzy, verstehst du? Ich brauche das. Um sie ertragen zu können. Sonst fange ich an, sie zu hassen ... Und dich zu hassen, weil du dich so ausschließlich mit ihr beschäftigst ...«

»Es geht um meine Karriere«, sagte er. »Ich habe allen Grund, mich mit ihr zu beschäftigen. Aber gut. Übermorgen ist

Sonntag, da haben wir Zeit. Dann erzähle ich dir die wahre Geschichte von Christine T. Jetzt möchte ich einen Kaffee.«
Und am Sonntag erzählte er.

»CHRISTINE«, sagte er, »ist nicht die Tochter ihres Vaters, sondern die eines flüchtigen Liebhabers ihrer Mutter.
Das hat sie sehr spät und nur durch Zufall erfahren. Ein Geheimnis wie aus der Familiengruft. Eine alte Hausangestellte hat auf dem Totenbett ausgepackt. Aber alle Nachforschungen blieben vergebens, sie hat nicht herausbekommen, wer dieser Mann war. Ihre Mutter hat ihr nichts als gekränktes Schweigen entgegengesetzt.
Von Geburt an wurde sie von ihrem offiziellen Vater abgelehnt. Er verhätschelte seine anderen Kinder, ihr gegenüber war

er immerzu nur ungerecht. Die schuldbewußte Mutter wagte nicht, etwas dagegen zu sagen. Alles, was der Vater seiner Frau nicht offen vorwerfen konnte, das warf er der Tochter vor, die für ihn den Fehltritt, den Verrat verkörperte.

Sie hat ihre Kindheit in einem Dauerschuldgefühl und in der Gewißheit zugebracht, von diesem Vater ständig zurückgesetzt zu werden. Alles natürlich verdeckt von der zur Schau gestellten Harmonie und der allzeit gewahrten Achtbarkeit einer großbürgerlichen Familie.

Um diesem Alptraum zu entkommen, hat sie den erstbesten Ehekandidaten, der auftauchte, geheiratet. Gute Stellung, gute Familie, nach außen hin keinerlei Probleme. Außer, daß er homosexuell war. Gut erzogen, angenehm im Umgang, aber eben homosexuell und absolut nicht bereit, zu dieser besonderen Veranlagung zu stehen. Das heißt, er war unglücklich, todunglücklich sogar. Sie hatte Mitleid mit ihm. Er hatte Mitleid mit ihr. Eine jammervolle Ehe, allerdings mit gewissen wechselseitigen Zuneigungsgefühlen. Er wird als Zeuge im Prozeß aussagen, wenn ich ihn darum bitte.

Christine T. hat praktisch zehn Jahre lang gelebt, ohne daß ihr Mann sie anrührte, wenn man von den beiden Kindern absieht, die er mit ihr gezeugt hat und die heute achtzehn und neunzehn Jahre alt sind.

Du kannst dir also vorstellen, was da los war. Abgelehnt vom Vater, abgelehnt in gewisser Weise vom Ehemann, verleugnet als Tochter, verleugnet als Frau.

Nun tritt also der auf, der den Part des Liebhabers übernimmt. Er ist ein wenig jünger als sie, nur ein bißchen, und ihre Geschichte beginnt für beide als Liebe auf den ersten Blick. Er ist von ihrer Schönheit hingerissen. Sie ist fasziniert von seiner Vitalität. Ein schönes Raubtier, dieser Mann, noch dazu ein As in seinem Beruf. Er arbeitet in einem großen Industrieunternehmen. Ganz der Typ der jungen, ehrgeizigen Führungskraft. Sie erleben zunächst ein intensives, sinnliches Abenteuer, das ihr zur Offenbarung wird. Die Leidenschaft reißt Christine T. hinweg, macht aus ihr eine völlig andere Frau.

Weil sie loyal ist, gesteht sie die Sache ihrem Mann. Der hat inzwischen endlich seinen eigentlichen Weg gefunden, wenn man so sagen darf, und ist die Nachsicht in Person. Auseinandergehen? In ihren Kreisen entschließt man sich nur äußerst widerstrebend zu einer Scheidung, außerdem sind da die Kinder, und schließlich ist die Ehe eine ideale Abschirmung für seinen eigenen Lebenswandel.

Er äußert nur einen Wunsch: daß Christines Liaison, wenn, dann in strikter Heimlichkeit weitergehe, sie soll rigoros den

Schein wahren. Sie ist damit einverstanden, sie wird den Schein gewissenhaft wahren. Nie werden die Liebenden sich eine Reise, einen Abend im Restaurant oder im Kino gestatten …

Die Wohnung, in der sie sich treffen, liegt in einem Außenviertel. Immer kommt sie im Taxi, verbirgt sich hinter einem Schal. Niemand hat sie je ertappt. Einzig ihre Putzfrau hat die Wahrheit gewittert, aber sie hat nie ein Wort gesagt.

Eine Treibhausliebe, und irgendwann bekam sie etwas Erstickendes. Jedenfalls für ihn. Die Heimlichkeit hat ihren Reiz, aber nur bis zu einem gewissen Punkt. Der Liebhaber fängt an, sich aufzulehnen; er wirft ihr vor, sie schäme sich für ihn. Sie und sich für ihn schämen! Ach, das arme Wesen! Jetzt will er sie genau an den Abenden sehen, an denen sie Verpflichtungen hat, er wird heftig und vulgär, zieht den entgegenkommenden, duldsamen Ehemann ins Lächerliche. Sie bleibt aus den genannten Gründen bei ihrer Weigerung, sich zu trennen.

Dann läßt er sich seltener sehen, schützt Geschäftsreisen vor. Eines Abends, bei einem Diner, erblickt sie ihn in Begleitung einer Frau, der er auffällig den Hof macht. Vorwürfe, Szenen, Versöhnungen, erneut stürmische Szenen.

Sie ist vollkommen aus dem Gleichgewicht und mittlerweile zu jedem Zugeständnis bereit; sie wird sich mit ihm in der Öffentlichkeit zeigen, da er das wünscht; sie wird ihren Mann der Lächerlichkeit preisgeben, die Scheidung riskieren. Sie sagt, sie erwarte ein Kind von ihm – er fordert, daß sie abtreibt. Sie geht darauf ein. Sie ist Wachs in seinen Händen. Sie bittet. Sie fleht. Sie wird alles tun, was er will.

Aber in Wirklichkeit ist er ihrer überdrüssig nach zwei Jahren. Und dieses Gefühl ist nicht neu. Damit sie sich von ihm löst, ist er zynisch genug, es ihr zu sagen. Als sie von ›unserer Liebe‹ spricht, hat er nur ein höhnisches Lächeln. Seit Monaten betrüge er sie, wann immer sich die Gelegenheit ergebe, weil er irgendwo aufatmen müsse, weil er in ›unserer Liebe‹ ersticke. Sie will es nicht glauben; er nennt Namen, die sie wie lauter Dolchstiche treffen. Er benimmt sich grausam, bezeichnet sie als Klette.

Sie ist entsetzt, gerät vollends in Panik. Dann läßt er die Katze aus dem Sack: Er wird heiraten. Wird endlich ein normales Leben führen mit einer normalen Frau. Er nennt ihren Namen. Wenn ihn Christine wirklich so liebe, wie sie behaupte, dann könne sie ihm eigentlich nichts Besseres wünschen. Ja, gut, ihre Beziehung war eine schöne Geschichte, aber diese Geschichte sei eben zu Ende. Das sei das Schicksal aller Beziehungen.

Sie ringt nach Luft. Er fürchtet ihre Ausbrüche, schließt sie in die Arme, umschlingt sie, schläft mit ihr, er begehrt sie noch, sie nutzt das aus, er verspricht ihr, sie wiederzusehen, wann immer sie will, aber unter der Bedingung, daß sie sich beruhigt. Wann immer sie es will.
Morgen? Morgen.
Am Abend kehrt Christine T. nach Hause zurück. Acht Personen sind zum Essen geladen. Sie steht völlig neben sich; die Gäste bemerken es, ebenso ihr Mann.
Am nächsten Tag entwendet sie aus dem Schreibtisch ihres Mannes den Revolver, Kaliber 6.35, den er gekauft hat, nachdem sie Opfer eines Einbruchs geworden waren. Sie vergewissert sich, daß er geladen ist. Sie kann mit Waffen umgehen, sie hat ihren Vater früher auf die Jagd begleitet.
Um 19 Uhr trifft sie sich mit ihrem Liebhaber. Er ist froh, daß sie sich wieder gefangen hat. Ein bißchen zu sehr gefan-

gen vielleicht. Er spürt einen leichten Ärger aufsteigen. Sie hat für einen kleinen Abendimbiß gesorgt. Kaviar, Champagner . . .
›Heute habe ich den ganzen Abend für dich Zeit‹, sagt sie.
Sie schlafen miteinander, als wäre es noch die Phase ihrer höchsten Leidenschaft. Er schläft ein.
Dann, um 22.10 Uhr, nimmt Christine ihren Revolver, hält ihn an die Schläfe ihres Liebhabers. Und drückt ab.
So. Nun weißt du genausoviel oder beinahe genausoviel wie ich.«

SCHWEIGEND hatte ich Jerzy zugehört.
»Und nun: gesetzt den Fall, du bist unter den Geschworenen. Was tust du?«
»Ich weiß es nicht.«

»Aber ich weiß es: Du verurteilst sie wegen vorsätzlichen Mordes, und du billigst ihr mildernde Umstände zu. Außer ...«

»Außer?«

»Außer sie hat einen genialen Verteidiger.«

»Wer vertritt eigentlich die Nebenkläger?«

»Brisac. Ein gefährlicher Bursche. Ja, und dann die untröstliche Mutter, die im Zeugenstand das Andenken ihres ermordeten Sohnes verteidigen wird, dagegen ist schwer anzukommen.«

»Wird der Ehemann als Zeuge auftreten?«

»Er wird. Er hat Charakter. Auf seine Weise liebt er seine Frau. Aber ich habe keinen einzigen Zeugen, was die Beziehung zwischen Christine und ihrem Liebhaber angeht. Man hat sie niemals zusammen gesehen. Man wird mir aufs Wort glauben müssen, wenn ich das Verhältnis schildere.«

Ich hatte Christine T.s Bild aus meinem Kopf vertreiben wollen, nun war es gegenwärtiger denn je.

»In welchem Zustand ist sie? Ist sie niedergeschlagen? Hektisch?« fragte ich.

»Nein. Seltsam gelöst. Ruhig. Gelassen. Und von einer Schönheit ...«

»Sie ist überwältigend, das hast du schon einmal gesagt.«

Jerzy sah mich amüsiert an.

»Unglaublich! Du bist ja richtig eifersüchtig!«

»Nein. Ich bin am Ende meiner Geduld und außer mir. Wütend über den Platz, den diese Frau, die ich nicht mag, in deinem Leben, eigentlich sollte ich sagen: in unserem Leben, inzwischen einnimmt. Wir sind nicht mehr zwei, wir sind drei. Wann wird endlich Schluß sein mit diesem Trio, Jerzy?«

»Bald«, antwortete Jerzy. »Am 20. April. Ich verspreche es dir. Nach diesem Datum wirst du ihren Namen aus meinem Mund nicht mehr hören. Bis dahin mußt du mir noch ein bißchen helfen ...«

»Wie? Wie soll ich dir helfen?«

»Indem du mir zuhörst. Komm her und küß mich! Du küßt mich gar nicht mehr.«

Ich näherte mich ihm murrend: »Du bist nicht rasiert ...«

Er zog mich auf das Sofa. Ich vergaß Christine T.

AM PROZESSTAG war der große Saal des Schwurgerichts überfüllt. Das elegante Publikum, das die Sitze einnahm, hätte einer Theaterpremiere zur Ehre gereicht; der

Gerichtsvorsitzende hatte die Einlaßscheine großzügig vergeben. Hinten stand dichtgedrängt eine anonyme Menge, ein kleiner Pulk von Anwälten in schwarzer Robe schob sich hindurch, die Journalisten kamen sich auf ihrer engen Tribüne in die Quere ... Es herrschte eine Atmosphäre wie beim Stierkampf ...

Von der zweiten Reihe aus, wo ich neben Albert saß, blickte ich auf die neun Geschworenen, die gerade zu ihren Plätzen geleitet wurden. Undurchschaubare Allerweltsgesichter. Zu meinem Trost befanden sich drei Frauen darunter, denen ich eher zutraute, daß sie sich in den Schmerz der Angeklagten einfühlen würden.

Als Christine T. zwischen ihren Wärtern erschien, ging ein Raunen durch den Saal. Sie war, zugegebenermaßen, »überwältigend«. Leicht schrägstehende grüne Augen, sehr heller, an weiße Blüten erinnernder Teint, schwarze, in weichen Locken über die Schultern fallende Haare, schlanke Figur im dunklen Kostüm, aristokratische Kopfhaltung, die ganze Person von Anmut umschwebt ...

Selbst die drei Richter schienen einen Moment lang beeindruckt.

Zunächst wurde die Anklage verlesen, darauf folgte, gemäß dem Ritual, das Jerzy mir beschrieben hatte, die Vernehmung von Christine T. durch den Vorsitzenden, der mit geheuchelter Väterlichkeit und echter Schwerhörigkeit ein halbes dutzendmal zu ihr sagte: »Sprechen Sie lauter, die Damen und Herren Geschworenen verstehen Sie nicht ...« Es war die sogenannte Vernehmung zur Person. Christine T. antwortete sachlich, als handelte es sich um jemand anderen.

Sie war geistesabwesend, sichtlich geistesabwesend.

Danach traten der Psychiater und ein weiterer medizinisch-psychologischer Gutachter vor und zeichneten ein Charakterbild von Christine T. Es endete mit der in wissenschaftliche Terminologie gekleideten Aussage, daß sie für ihre Handlungen voll verantwortlich sei und keine Anzeichen einer geistigen Störung erkennen lasse.

Genau das wollte Jerzy von ihnen hören.

Danach waren die Zeugen an der Reihe, die mehr oder weniger ins Kreuzverhör genommen wurden. Die von Jerzy aufgebotenen waren nicht sehr zahlreich. Eine Haushälterin, eine Hausmeistersfrau, ein ehemaliges Kindermädchen von Christine T., die der Familie die Stirn bot und offen die Kindheit beschrieb, der Vater der Angeklagten, der kühl, überheblich, ebenso unwirsch wie gewunden aussagte und erst auf Drängen Jerzys halbherzig einräumte, daß er sie nicht wie eine Tochter geliebt, sondern als Eindringling empfunden hatte ...

Aber Jerzy hatte vor allem auf den Ehemann gesetzt. Sehr aufrecht stand er da und hielt heroisch den Sarkasmen Brisacs, des Vertreters der Nebenklage, und der kaum verhohlenen Ironie des äußerst unangenehm agierenden Vorsitzenden stand.

Brisac seinerseits hatte vor allem auf die Mutter des Liebhabers gebaut, und leider war sie erschütternd bei ihrem Auftritt, zeigte sich unversöhnlich gegenüber Christine und fand herzzerreißende Worte für ihren Sohn, dem eine Furie im Schlaf den Schädel zerschmettert habe ...

Während der Verhandlungspause wechselte ich einige Worte mit Mollard.

»Es war ein Fehler von Jerzy«, sagte er, »es war einfach ein Fehler, sich so auf seine Linie zu versteifen. Unzurechnungsfähigkeit wäre das einzig Richtige gewesen, ich habe es ihm hundertmal gesagt. Jetzt kriegt sie ihre zehn Jahre, falls das reicht ... Eine solche Zeugenaussage, dagegen kommt man nicht an ...«

»Aber der Ehemann ...«

»Ein Schwuler! So was mögen die Leute nicht. Haben Sie die Gesichter der Geschworenen gesehen, während er redete?«

Er war wütend.

Ein völlig geknickter Albert sprach mit Jerzy, der sehr gelassen wirkte.

Nach Brisacs pathetischem Plädoyer zerstörte der Staatsanwalt mit dem seinen meine letzten Hoffnungen. Er sprach aus, was ich im Grunde dachte, was nicht zu denken mir plötzlich unmöglich erschien: daß es nämlich keinen einzigen guten Grund gibt, einen Menschen umzubringen, keinen einzigen. Daß Eifersucht eine Geisteskrankheit sei und daß diese behütete junge Frau sich benommen habe wie ein verwöhntes Kind, dem man sein Spielzeug wegnimmt. Daß sie von Grund auf böse sei. Er verlangte lebenslängliche Haft für diese »kalte und frivole Mörderin«. Im Saal entstand Unruhe, die der Vorsitzende jedoch sofort erstickte. Mir lief es kalt den Rücken hinunter.

Christine T. machte kaum einen Versuch, ihre Tränen zu verbergen.

Endlich war Jerzy an der Reihe. Zunächst saß er nur da, mit geschlossenen Augen, hielt minutenlang den Kopf in die Hände gestützt, konzentrierte sich. Schließlich erhob er sich und sprach ohne Notizen, souverän, eine Stunde lang. Ich erinnere mich noch an seine einleitenden Worte: »Wir werden gemeinsam und in der gebotenen Kürze das so leidvolle Leben, das Christine T. bereitet worden ist, nachvollziehen. Ich werde Ihnen die Ängste, die Leiden und die Qualen dieser Frau erzählen, und wenn Sie mit mir die Stationen dieses Kreuzwegs abgeschritten haben, dann werde ich Sie nicht nur überzeugt haben, Sie werden auch der Angeklagten ihr Mitgefühl nicht länger versagen. Sie werden sich in ihr Beratungszimmer zurückziehen, und es wird nicht lange dauern, dann bringen Sie Christine T. das Wort der Absolution, das Wort der Vergebung . . .«

Und in diesem Ton sprach er weiter.

Durch die Zauberkraft seiner Rede wurde die Mörderin zum Opfer, dem Opfer ihrer Familie, ihres Mannes, eines bis zur Grausamkeit zynischen Liebhabers, der wie ein Geier seine wehrlose Beute hin und her zerrte . . . Man vergaß völlig, daß sie einen Menschen getötet hatte. *Sie* hatte man getötet, so war es. Wundersame Redekunst . . . Wundersames Talent.

Die Geschworenen zogen sich zur Beratung zurück. Bleich und ruhelos streifte Jerzy durch die Gänge.

»Mein Leben steht auf dem Spiel«, sagte er zu mir, »mein Leben.«

Die Journalisten gingen Wetten ein. Zehn Jahre, fünfzehn Jahre ...

Nach einer Stunde endlich kamen die Geschworenen zurück.

Der Vorsitzende in seiner roten Robe wirkte abweisend und steif. Er sagte knapp: »Führen Sie die Angeklagte herein.«

Blaß wie der Tod betrat Christine T. den Saal.

Der Sprecher der Geschworenen erhob sich, um die Entscheidung bekanntzugeben: nicht schuldig.

Christine T. war freigesprochen. Im Saal ertönten Beifall und Protestrufe, obwohl der Vorsitzende immer wieder zur Ordnung rief. Ich suchte Jerzys Blick, aber er stand mit dem Rücken zum Saal vor Christines Bank und hielt ihr die Hände ...

Ich eilte zu ihm hin. Mollard war mir zuvorgekommen.

»Bravo, mein Kleiner!« rief er, »Sie waren absolut phantastisch! Echte, große Kunst! Ich hätte es nicht bessermachen können!«
Jerzy war umringt, eingekreist, umlagert. Endlich sah er mich und sagte schlicht: »Na, bist du zufrieden mit dem kleinen Jerzy?«
Da brach ich in Tränen aus und fiel Albert in die Arme.

MOLLARD WOLLTE uns zu Allard, seinem Lieblingsrestaurant, mitnehmen, um den Erfolg zu feiern. Ich forderte Albert auf mitzukommen. Und Christine? Sie würde erst am nächsten Tag frei sein. Man mußte die offizielle Haftentlassung abwarten. Ein paar Leute schlossen sich unserem Grüppchen an. Unglaublich, wieviel Freunde Jerzy plötzlich hatte!

Es war noch nicht der große Ruhm. Aber jetzt war Jerzy bekannt. Er war aus Mollards Schatten herausgetreten. Man zollte ihm Beifall, man beglückwünschte ihn, man beweihräucherte ihn. Er hatte es geschafft.

Mollard war der erste, der ihm vorschlug, seine eigene Kanzlei zu eröffnen und von nun an auf eigenen Füßen zu stehen.

Unser Leben stand vor einer Wende.

Binnen Wochen rückte der umschwärmte Jerzy in den Stand ein, der mit dem rätselhaften Etikett »Pariser Prominenz« versehen wird. Was bedeutet, daß pausenlos Journalisten anrufen und um Meinungsäußerung zu allerlei Problemen bitten.

Schnell hatte er zwei bedeutende Mandanten, beim einen ging es um einen gewaltigen Steuerbetrug, beim anderen um eine durch einen mutmaßlichen Mord komplizierte Erbschaft.

Es mußten Büroräume gefunden und die Einrichtung vorgenommen werden. Ich übernahm die Aufgabe, machte für ihn edelrauhe Dekorationsstoffe ausfindig, dazu Lampen, die den ansonsten nüchternen Raum weich ausleuchten sollten. Um die Kosten bestreiten zu können, verkaufte ich einen kleinen, sehr wertvollen Boulle-Sekretär. Ach was! So wichtig war er mir nie gewesen.

Von jetzt an waren wir keinen Abend mehr zu Hause. Diners, bei denen die Gastgeberin sich mit Jerzy schmückte, Filmvorführungen im kleinen Kreis, Premieren – schnell hatten wir uns in einem Netz gesellschaftlicher Aktivitäten verstrickt, das jeden einigermaßen bekannten Pariser umfängt, sofern er zum Mitmachen geneigt ist. All das war zu neu für Jerzy, um ihn nicht in einen leichten Rauschzustand zu versetzen.

»Gehen Sie aus, gehen Sie aus, mein Lie-

ber«, sagte Mollard zu ihm. »Beziehungen, das bedeutet auch Mandanten!«
Wir hatten keine Zeit mehr, uns zu sehen.
Im Verlauf eines solchen Diners fragte jemand: »Und Christine T.? Was ist aus ihr geworden?«
»Ich habe sie gestern getroffen«, antwortete Jerzy. »Es geht ihr soweit nicht schlecht.«
Nach dem Prozeß hatte sie sich aufs Land geflüchtet, um der Presse zu entkommen, die sie verfolgte, und ebenso den Verlegern, die ihr alle ihre Memoiren entreißen wollten. Inzwischen machte sich jemand anheischig, ein Buch über sie zu schreiben, und sie hatte Jerzy aufgesucht, damit er ihr half, es zu verhindern. Nun, das war selbstverständlich. Warum war ich verärgert über dieses Treffen, von dem er mir nichts erzählt hatte?
»Sie ist sehr allein«, sagte Jerzy. »Sogar

ihre Kinder wollen sie nicht mehr sehen. Sie sucht Arbeit, um dieser Einsamkeit zu entrinnen ...«

Auf dem Heimweg sagte ich: »Ich hoffe, sie kommt uns nicht erneut ins Gehege, deine Freundin.«

»Welche Freundin?«

»Christine.«

»Das ist keine Freundin, sondern eine Mandantin. Und außerdem jemand, dessen Schicksal mich bewegt, wenn du es genau wissen willst ... Außer mir hat sie niemanden, an dem sie sich festhalten könnte ...«

»Ach nein«, sagte ich mit gezwungenem Lachen, »das kann ja heiter werden! Ich sehe schon, welches Kreuz ich zum zweitenmal tragen werde.«

Aber die Wochen vergingen, ohne daß zwischen uns noch einmal die Sprache auf Christine kam. Manchmal dachte ich an sie. Ich begegnete ihr beim Friseur, wo sie sich die Haare kurz schneiden ließ. Das machte sie jünger. Wir haben uns andeutungsweise gegrüßt.

Ein Strudel von Arbeit und gesellschaftlichen Verpflichtungen riß uns fort; wir sahen uns kaum noch allein, oder war es so, daß das Verlangen nach Zweisamkeit nachließ? Diesen Gedanken wies ich, wenn er mir kam, energisch zurück. Absurd ... Unsere Beziehung war immer noch eng. Gleichzeitig aber hatte sich irgend etwas in unserem Verhältnis unmerklich verändert. Ich hatte kurz in die Vereinigten Staaten fliegen müssen, und er hatte nicht gesagt: »Wenn du mich drei Tage im Stich läßt, findest du mich nicht wieder ...« Er war nicht einmal zum Flughafen gekommen, um mich abzuholen. Allerdings hatte er auch nach wie vor kein Auto, was sollte ich mir also unnötig den Kopf zerbrechen?

War ich im übrigen selbst noch genauso aufmerksam wie früher? Hörte ich noch genauso sensibel auf seine Wünsche? Auf seine Stimmungen? Vielleicht waren wir nur, ohne es zu merken, von der Leidenschaft in die Zärtlichkeit hinübergeglitten.

Ich befragte mich ernsthaft. Wichtig war, daß wir auf gleicher Wellenlänge blieben, auf welcher, war egal. Ich hatte mich anzupassen. Er war nach wie vor der kleine Jerzy, der sich über meine Grübeleien lustig gemacht hätte, wäre ich schwach genug gewesen, sie ihm mitzuteilen.

Eines Tages hatte er gesagt: »Ich liebe dich, weil du mir keine Probleme machst. Du löst Probleme.«

Ich würde doch jetzt nicht damit anfangen! Und obendrein ohne triftigen

Grund. Da war nur diese unwägbare Distanz, die plötzlich zwischen uns lag, bis in unsere Nächte hinein.

Dann betrat ich eines Tages die Brasserie Lipp, um mit einem italienischen Verleger zu Mittag zu essen, und wer saß da an einem Tisch vor der Spiegelwand? Christine und Jerzy.

Mein Herz fing an zu hämmern, ganz lächerlich, als hätte ich die beiden im Bett ertappt.

Ich grüßte Jerzy mit der Hand. Er gab den Gruß zurück. Man setzte uns ihnen gegenüber. Es gelang mir nicht, die Augen von ihnen zu wenden.

Zum Glück war mein Italiener gesprächig und lieferte eine Stunde lang neben den Fragen auch immer gleich die Antworten, die zu geben ich unfähig war. Immerhin zeigte er sich am Ende etwas besorgt: »Ist irgend etwas nicht in Ordnung? Geht es Ihnen nicht gut?«

»Doch, doch, sehr gut. Verzeihen Sie mir.«

Ich gab mir einen Ruck, um den Faden wieder aufzunehmen. Es war höchste Zeit. Mein charmanter Italiener war dabei, mich übers Ohr zu hauen.

Aber sie brachen vor uns auf, und ich fing mich wieder, einer lähmenden Migräne zum Trotz.

AN JENEM NACHMITTAG hatte ich Zeit, es standen keine Termine an. Statt ins Büro zu fahren, ging ich nach Hause. Und unterzog mich selbst einem Verhör. Was war los mit mir? Eifersucht? Ich hätte tausend Gründe gehabt, eifersüchtig zu sein, seit der Erfolg gekommen war und die Frauen Jerzy umschwärmten wie die Wespen das Honigglas. Aber er selbst erzählte mir

von diesen Frauen. Gemeinsam lachten wir über sie.
Er sagte: »Ach laß doch . . . Ich mag die Frauen . . . Ohne sie gehe ich zugrunde.«
»Wie viele brauchst du denn, Jerzy?«
»Alle. Ich will sie alle . . . Zu meinen Füßen, wie bei einem ägyptischen Pascha . . .«
Er berauschte sich an Worten und Schmeicheleien. All das hatte weiter keine Folgen, zumindest soweit ich den Überblick hatte. Wovor hätte ich also Angst haben sollen. Unsere Nächte waren immer noch voller Glut. Wir waren einander nicht überdrüssig. Höchstens, daß sich Jerzy mittlerweile weniger mitteilungsbedürftig zeigte, daß er kaum mehr spontan von seinen beruflichen Sorgen erzählte . . . Aber wie hätte er auch unterhaltsam von einer Steuerhinterziehungsakte erzählen sollen? Nein, ich lag zwar auf der Lauer, aber eifersüchtig war ich nicht.

Es konnte sogar passieren, daß ich unter den jungen Frauen, die jetzt um uns herum waren, diejenige herauszuspüren versuchte, die mir eines Tages nachfolgen würde – schließlich war das die unvermeidliche Entwicklung, das wußte ich. Wer war sie, die Frau, die ihm ein Kind schenken würde?
Am liebsten hätte ich sie noch selbst aussuchen, sie ihm gewissermaßen schenken wollen ... Ich eifersüchtig? Ach was! Aber ich gab mir noch ein paar Jahre Aufschub, bevor es soweit sein würde, bevor die Schicksalsfrist, die ich immer als solche gesehen hatte, abgelaufen sein würde. Vorläufig schirmte ich ihn gegen die Modepüppchen, Karriereweibchen und Hohlköpfchen ab ... Amüsiert sah er mir dabei zu.
»Du bist teuflisch«, sagte er lachend. »Richtig teuflisch.«
Nein. Ich war wachsam, wie ich es bei

einem fast erwachsenen Sohn gewesen wäre.
Warum war mir dann Christine T. unerträglich geworden? Weil sie das verkörperte Unheil war, daran gab es für mich keinen Zweifel. Sie war die Unheilsfrau, wo sie war, drohte Unglück. Das war es, deswegen wußte ich sie so ungern in Jerzys Nähe. Zumindest hatte ich mir das eingeredet.

AN JENEM TAG kam er spät nach Hause. Ausnahmsweise aßen wir allein zu Abend – in der Küche, wie früher. Er war schlechter Laune, stocherte in den Ravioli herum, die er sonst so gerne mochte, sagte, er habe zu tun und schlug eine Akte auf, während ich ihm einen Kaffee machte.
Ich hätte schweigen sollen. Statt dessen

sagte ich mit zu hoch angesetzter Stimme: »Triffst du dich noch mit Christine?«

»Ja«, sagte er.

»Siehst du sie oft?«

»Ja, sie ist sehr allein.«

»Warum hast du es mir nicht gesagt?«

»Weil du sie nicht leiden kannst. Du müßtest dich einmal hören, wenn du über sie redest. Neulich an dem Abend bei den Sabourets warst du ziemlich gemein.«

Mir war, als hätte ich die Zündschnur einer Bombe angesteckt, die mir nun gleich ins Gesicht explodieren würde. Schweigen mußte ich, schweigen. In versöhnlichem Ton sagte ich: »Ich geb's ja zu, sehr sympathisch ist sie mir nie gewesen ...«

Er warf mir einen kalten Blick zu.

»Laß mich jetzt bitte arbeiten, ja?«

Die Zündschnur war erloschen. Vorübergehend zumindest.

So, ich war also gemein gewesen? Nicht

schlecht! Christine T. war doch keine sakrosankte Märtyrerin und Jungfrau, die man zu verehren hatte, weil sie die Mörderin ihres Liebhabers war, das wäre ja noch schöner!

Unfähig, Schlaf zu finden, lag ich neben Jerzy. Ich wälzte die Motive meines Kummers hin und her. Jerzy war in Christine T. verliebt. Ich hatte es immer gewußt, ich hatte es vor ihm gewußt, und jetzt drängte die Wahrheit ans Licht.

Verliebt! Aber bis zu welcher Grenze? War er ihr Liebhaber? Seit wann? Vielleicht schon seit Wochen, ja doch, seit Wochen schon betrog er mich mit dieser unheilbringenden Kreatur. Wo hatte ich nur meine Augen gehabt? Alle Indizien fügten sich zu einem Bild zusammen. Immer wieder ging ich sie durch. Es war, als kratzte ich an einer juckenden Wunde.

Mitten in der Nacht warf sich Jerzy ganz brutal auf mich, was er sonst nie tat. Es bereitete mir keinerlei Lust. Eher empfand ich eine Art Haß. In unserer Beziehung fing einiges an schiefzugehen, kein Zweifel.

Im Halbdunkel sah ich ihn schlummern. Hatte er schon neben ihr geschlafen? Hatte sie ihn schon so erlebt, wehrlos nach der Liebe? Hatte sie sich an seine Schulter geschmiegt, die er mir in dieser Nacht verweigerte, indem er mir den Rücken zukehrte? Sämtliche Bilder, die mich verletzen konnten, rief ich mir vor Augen. Ich wollte Gewißheit. Gewißheit, sonst nichts.

ICH BESCHLOSS, Christine aufzusuchen, ihr die Wahrheit zu entreißen.

Wir verabredeten uns bei ihr zu Hause, in einer großen, luxuriösen und ziemlich tristen Wohnung im sechzehnten Arrondissement.

Ich traf auf eine müde und mitgenommen wirkende Frau, die sich auf einem riesigen Sofa zusammenkauerte. Ihr schweres Parfum erfüllte den Raum.

Ich heuchelte zunächst Interesse an ihren Memoiren. Selbst zu schreiben sei der beste Weg, um zu verhindern, daß man über sie schrieb. Ich könnte ihr jemanden besorgen, der ihr helfen und ihr Buch unter den allerbesten Bedingungen herausbringen würde.

Sie hörte zerstreut zu, als ginge es um jemand anderen, versicherte mir, sie habe nichts zu sagen, nichts, was nicht mehrfach beim Prozeß schon gesagt worden sei. Sie werde aber darüber nachdenken ...

»Wenden Sie sich an Jerzy«, sagte ich, »ich bin sicher, daß er Ihnen zur Annahme meines Vorschlags raten wird. Sie haben doch Vertrauen zu ihm, nicht wahr?«

»Absolutes Vertrauen.«

»Er hat mir gesagt, daß er sich oft mit Ihnen trifft ...«

Schweigen.

»Wissen Sie was? (Diesen Sprachtick hatte ich von Jerzy übernommen.) Ich glaube, er ist ein wenig in Sie verliebt.«

»Nonsense«, antwortete sie auf englisch.

Und sie erhob sich, als wollte sie mir damit zu verstehen geben, daß unsere Unterhaltung lange genug gedauert hatte. Ich bekam kein Wort mehr aus ihr heraus, zumindest zu der Frage, die mich interessierte, der Frage nach ihrer Beziehung zu Jerzy.

In schamloser Weise zögerte ich die Verabschiedung hinaus. Ich sei um ihn besorgt, etwas an seinem Verhalten sei verändert, er scheine nach der unendlichen Freude des Freispruchs von einer Art Depression befallen ...

»Ich weiß«, sagte sie. »Ich tue, was ich kann, um ihn aufzumuntern, aber diese Sache mit der Steuerhinterziehung beschäftigt ihn Tag und Nacht. Ständig redet er davon.«

Ich verließ die Wohnung ratlos und zutiefst niedergeschlagen. Eines war klar: Sie sahen sich oft, Jerzy redete mit ihr, wie er es mit mir nicht mehr tat ... Und sonst?

Ich hatte ihr Parfum identifiziert. In einer spielerisch perversen Anwandlung kaufte ich ein Fläschchen. Ich hatte mich damit eingesprüht, als ich am Abend im Restaurant, wo wir mit Freunden verabredet waren, zu Jerzy stieß.

Seine Nase beschnupperte wie eine Hundeschnauze meinen Hals.

»Wonach riechst du?«

»*Shalimar* von Guerlain. Gefällt es dir?«

»Nicht an dir.«

Mein Manöver war fehlgeschlagen.

EINES ABENDS, als Jerzy einen Vortrag zu halten hatte, ging ich zu Albert in sein Nachtlokal. Er war noch annähernd nüchtern.

»Du spinnst«, sagte er. »Du spinnst total. Jerzy geht's schlecht, das stimmt, und ich weiß nicht warum. So etwas soll vorkommen nach einem lange ersehnten Erfolg. Aber wenn er verliebt wäre, wäre er fröhlich ... Und fröhlich ist er nicht. Er ist sogar regelrecht finster geworden.«

»Hältst du ihn für fähig, mich mit dieser Frau zu betrügen?«

»Für fähig sicherlich, wer wäre dazu nicht fähig? Aber es ist nicht seine Art. Jerzy hat immer Angst, man könnte ihn im Stich lassen ... Er macht nie als erster Schluß ...«

Ich kannte Jerzys Tagesrhythmus. Morgens in der Kanzlei. Mittags und bis spät am Nachmittag bei Gericht. Danach wieder in der Kanzlei, um seine Mandanten zu empfangen. Für Christine T. blieb nur der frühe Abend.

Ich ertappte mich mehrfach dabei, abends gegen sieben, daß ich im Quartier de la Muette im Auto herumlungerte und Christines Haustür beobachtete für den Fall, daß Jerzy ... Aber er tauchte nie auf. Wo also trafen sich die beiden?

EINES ABENDS KAM IRIS, die in Paris zu tun hatte, zu uns zum Essen. Jerzy war erfreut über das Wiedersehen und legte sich mächtig ins Zeug. Die beiden gefielen einander, das war unverkennbar. Sie bot ihre sämtlichen Verführungskünste auf, er ließ seinen Witz sprühen ... Zum ersten Mal irritierte mich Jerzy mit seinem Charme, diese Show hatte ich wohl schon zu oft miterlebt. Ich war innerlich angespannt und fühlte mich aus ihrem heiteren Einverständnis ausgeschlossen. Jerzy brachte Iris in ihr Hotel zurück. Ich wartete lange auf seine Rückkehr.

»Wo warst du?«

»Ich war noch kurz bei Albert.«

Albert ... Der mußte für einiges herhalten, der Gute.

Am nächsten Tag rief Iris an.

»Was ist denn los mit euch? Ist etwas nicht in Ordnung?«

»Aha, du hast es also gespürt!«

»Ich habe gespürt, daß du nervös warst, aggressiv ...«

»Ich? Keineswegs. Aber Jerzy ...«

»Komm' schon, erzähl'.«

»Ich habe nichts zu erzählen. Es geht uns einfach nicht gut, es funktioniert nicht mehr mit uns ...«

»Gibt's eine andere Frau?«

»Ich glaube.«

»Glaubst du oder bist du sicher?«

»Ich bin sicher.«

»Hör zu«, sagte Iris, »wenn man nicht mehr geliebt wird, gibt es zwei Möglichkeiten. Man geht – das ist die bessere –, oder man bleibt, aber ohne zu schmollen. Schieß Jerzy in den Wind oder behalte ihn, aber zieh' kein Gesicht.«

»Aber das tu' ich doch gar nicht ...«

»Doch. Ich habe es ja gesehen. Du bist gräßlich.«

Also verriet mich sogar Iris, sie stand völlig im Bann von Jerzy. Sie war auf seiner Seite. Sie ergriff Partei für ihn. Einen Augenblick argwöhnte ich, daß sie über mich gesprochen hatten – ach, liebe Iris, ich bin so unglücklich, ich bin verliebt in ein überwältigendes Geschöpf, und Ihre Freundin will nicht begreifen, daß es aus ist zwischen uns.

Ich hörte Jerzy sich beklagen und die treulose Iris ihn trösten ...

Ich legte unvermittelt auf.

Ein paar Tage später veröffentlichte *Paris Match* ein Foto von Jerzy und Christine, wie sie gemeinsam durch den Jardin du Luxembourg schlenderten; die Bildunterschrift deutete eine Romanze zwischen dem brillanten Verteidiger und seiner schönen Freigesprochenen an.

Ich brachte die Illustrierte nach Hause mit, um Jerzy zu provozieren. Er sah sich das Foto an und sagte lediglich: »Sieh an, allmählich verliere ich meine Haare ...«

»Mehr hast du dazu nicht zu sagen?«

»Was soll ich denn sagen?«

»Hast du den Text nicht gelesen? Man unterstellt dir eine Love-Story mit Christine.«

»Ach ja? Ist doch schmeichelhaft, oder?«

»Also, ich habe mich nicht geschmeichelt gefühlt.«

»Solltest du aber, solltest du. Christine ist keine gewöhnliche Rivalin . . .«

»Hör mal, Jerzy! Ich bin weder auf gewöhnliche noch auf außergewöhnliche Rivalinnen scharf. Ich . . .«

Er sah mich mit jenem eisig grauen Blick an, zu dem er manchmal fähig war.

»Soll das eine Szene sein?«

»Nein, überhaupt nicht. Im übrigen bist du frei. Nur frage ich mich manchmal . . .«

»Wirklich? Was fragst du dich denn?«

»Ich muß über dich, über uns nachdenken.«

»Na, dann mach mal weiter so«, erwiderte Jerzy.

Und er vertiefte sich in *L'Équipe,* seine geliebte Sportzeitung.

DARAUFHIN BESCHLOSS ICH, mir Gewißheit zu verschaffen, und wandte mich an einen Privatdetektiv.

Der erste, mit dem ich Kontakt aufnahm, erregte Übelkeit in mir mit seinen Fragen. Ich verzichtete auf seine Dienste. Aber die Zweifel nagten weiter, und ich fand einen zweiten, der mir mehr zusagte und den ich beschwor, Diskretion walten zu lassen. Er kenne solche Geschichten, erwiderte er mit einem dröhnenden Lachen.

Ich wollte exakt wissen, wann, wohin und wie lange Jerzy in der Stadt unterwegs war. Bald wußte ich es. Dreimal pro Woche fuhr er am Spätnachmittag in die Rue Fürstenberg.

Vierzehn Tage lang trug ich diese Information mit mir herum wie ein Krebsgeschwür, das mir das Gehirn zerfraß, wie einen Bohrer, der mir durchs Herz ging und eine Wunde am Bluten hielt.

Ich machte einen letzten Versuch, mit Jerzy zu reden. Er kam aus der Badewanne, wir zogen uns gerade an, um auszugehen. Ich sagte: »Triffst du dich immer noch mit Christine T.?«

»Mein Gott!« antwortete er, »fang' bitte nicht wieder damit an. Frage ich dich denn, mit wem du dich im Lauf eines Arbeitstages triffst?«

Ich hätte nichts dagegen gehabt. Und er fügte hinzu: »Schmink dich sorgfältig! Du siehst heute aus wie eine Wasserleiche, mein armes Mädchen!«

Ich haßte es, wenn er mich »mein armes Mädchen« nannte, und er wußte das, aber seit einiger Zeit schon war er manchmal boshaft, und hin und wieder kam mir der Gedanke, ich sollte besser auf Iris hören, sollte ganz einfach Schluß machen, bevor wir anfingen, uns zu zerfleischen. Aber dazu war ich unfähig, ich blieb mit allen Fasern meines Wesens an ihn gebunden. Diese Hexe war es, die ihn betört hatte.

AN EINEM FREITAG NACHMITTAG habe ich mich entschlossen. Um sieben fuhr ich zur Rue Fürstenberg. Es gab keine Concierge, nur vier Briefkästen. Dreimal stand auf dem Namensschild das M. für Monsieur, nur eines gehörte zu einer Madame. Also war es hier – hier versteckte sie sich unter einem falschen Namen.

Ich ging hinauf, ich läutete. Da nicht gleich jemand kam, pochte ich an die Tür. Ich war außer mir, jegliche Vernunft hatte mich verlassen, ich war nur noch ein Klumpen Schmerz. Endlich öffnete mir ein Dienstmädchen. Ich stürmte in die Wohnung, stieß eine gepolsterte Tür auf, und obszöne Bilder schossen mir durch

den Kopf. Was würde ich in der nächsten Sekunde sehen?
Er war da, lag auf einem Diwan. Eine brünette Frau saß auf einem Stuhl in seiner Nähe. Ich brüllte los: »Jerzy!«
Er richtete sich auf, sah mich entgeistert an.
»Kennen Sie diese Person?« fragte die Brünette.
»Ja«, antwortete Jerzy. »Ich habe von ihr erzählt. Sie ist die Mercedes-Frau ...«
»Aha, dann weiß ich Bescheid.«
Sie sah mich eindringlich an. Schließlich sagte sie kühl: »Wenn sie so freundlich ist, sich zurückzuziehen, können wir mit unserer Sitzung fortfahren ... Oder möchten Sie für heute abbrechen?«
»Nein«, sagte Jerzy. »Lassen Sie uns bitte weitermachen.«
Und er nahm seine liegende Position wieder ein.

ERST DA BEGRIFF ICH das Ausmaß meines Irrtums. Wir befanden uns in der Praxis einer Psychoanalytikerin. So klärte sich alles auf, die Regelmäßigkeit der Treffen, Jerzys unstete Gemütsverfassung ...
Der Schock nagelte mich einen Augenblick lang fest, dann ergriff ich die Flucht. Unten im Auto brach ich zusammen.

EINE SCHLIMMERE DEMÜTIGUNG hatte ich niemals erlebt. Auch keine tiefere Selbstverachtung, kein stärkeres Bedürfnis, mich selbst herabzusetzen. Ich fuhr ziellos durch Paris, mißachtete rote Ampeln, hoffte vage, ein Lastwagen möge mich durch die Gegend schleudern und ich im explodierenden Auto zu Tode kommen. Ich faßte sämtliche Möglichkeiten des Selbstmords ins

Auge. Brennende Scham erfüllte mich. Es war schlimmer, als wenn ich aus nächster Nähe auf Jerzy geschossen hätte. Ich war dumm gewesen, ich war stur gewesen, ich hatte niedrig gehandelt, und es gab kein Gericht, vor dem ich einen Freispruch hätte beantragen können.

Der Gedanke, Jerzy wieder vor die Augen zu treten, war mir unerträglich. Ich ging für die Nacht ins Hotel und rief Iris in London an. Sie begriff erst nicht, was geschehen war.

»Was ist los mit dir?«

»Ich habe etwas getan, was nicht wiedergutzumachen ist.«

»Hast du jemanden umgebracht?«

»Ja. Mich.«

»Ich komme«, sagte Iris.

Sie hat mich zusammengestaucht, sie hat mich in die Arme genommen, sie hat mich umhegt wie ein Kind. Aber es gibt Abgründe, aus denen einen niemand herausholen kann. Man muß selbst und ganz allein, Schritt für Schritt, den Weg hinauf finden. Ich bin immer noch bei den ersten Schritten.

Innerhalb von ein paar Monaten alterte ich um zehn Jahre. Die Leute glauben, ich sei krank gewesen. In einem gewissen Sinn haben sie nicht unrecht.

Jerzy hat versucht, mich wiederzusehen. Ich bin ihm ausgewichen. Noch verbrennt mich die Schande.

Manchmal erblicke ich ihn in der Brasserie Lipp. Wir grüßen uns von weitem. Er sitzt da mit einer Blonden, immer nur mit Blonden ...

Christine T. betreut jetzt Häftlinge im Gefängnis.